畠中 恵

さくら聖・咲く
佐倉聖の事件簿

実業之日本社

JN044765

実業之日本社文庫

目次・章扉デザイン／成見紀子
章扉イラスト／ミキ　ワカコ

さくら聖・咲く　佐倉聖の事件簿——目次

Contents

序章
プレエントリー

三日間だけ、スーパーマンにならないか、と言われたら、「うん、なる」と返答する人は、結構いるのではないか。

最近佐倉聖は、そんな事を考えていた。

たとえその三日の間、悪の親玉と対決し、この世を守る為、命を張る事になるとしてもだ。

スーパーマンになれば、空を飛べる。一生涯、己に誇りを持つ事が出来る。三日で終わるのだから、貴重な思い出として人に語る事も可能だ。誰もが興味津々、目を輝かせ、その体験談を聞いてくれるに違いない。

役目を終えた後は、いつもの暮らしが戻ってくるのだ。

だが。

学校卒業後の就職先を決めるとなると、人は正義の味方になるより、ずっと悩むのではないだろうか。

一旦仕事を定めたら、それを毎日、もしかしたら一生涯続ける事になる。転職という手もあるが、同じ仕事を続けた者の方が、生涯賃金は多いと統計に出ていた。それに、ある職業で経験を積み、その分野でのプロフェッショナルとして強みを持った方が、生きていきやすいのではないかと聖は思う。

しかし。

（行くべき道がどれなのか、迷うじゃないか）

　佐倉聖は今丁度、その深遠なる迷いのただ中にいるのだ。学生兼、事務所『アキラ』のアルバイト事務員兼、拓という弟の保護者という立場から、扶養家族のいる勤労者へ、まさに変わっていこうとしていた。

「おんや、聖ときたら未だに就職先の事で、頭を抱えているのか？」

　すると今日も『アキラ』に来た加納衆議院議員が、皮肉っぽく声を掛けてくる。聖の雇い主である元大物政治家大堂は、加納の師にあたる。故に加納は、議員として東京で活動している間、『アキラ』へしょっちゅう姿を見せるのだ。

　いつもはぴしりと言い返すのだが、今日の聖は、普段と違う悩みを抱えている。よってあっさり頷くと、正直にその事を加納に言ってみた。

「今の悩みの元は、これなんだ」

　聖は加納に、五通の封筒を見せた。何かと聞かれたので、本当の事を告げる。

「コネ入社のご案内だ」

「は？」

「この五社はオヤジとの縁、そして沢山の議員様方を抱える、『風神雷神会』とのご縁が欲しいみたいだね」

　五社からの封書の中にはどれも、コネでもいいではないか、当社への就職を考えませんかと一筆あった。

「とにかく、大堂先生によろしくお伝え下さいと。いや、書き方はもっと立派で色々だったけど、要するにそういう事が書かれてた」

加納の眉が、すっと上がる。

ただのアルバイト、『アキラ』の事務員である聖も含め、大堂門下の面々は、師に迷惑をかけてはならなかった。それが門下の者達の不文律だ。

要するに、聖はどこに就職しようとも、構わない。しかし後日聖を通じ、大堂にあれこれお願い事をしてくるような会社で働くのは、厳禁なのだ。

加納達、『風神雷神会』の面々にも、面白がって聖の就職に口を出す者はいる。だが、その一線だけはきちんと守っている。

（でもさ、入社してみなきゃ、会社がどう出るか、分からないじゃないか）

用心は必須であった。よって聖はコネなし学生として、ずっと就職先を探しているのだ。

勿論就活中、アルバイト先が大堂の事務所だなどと、提出書類に書いた事はない。

下手に大堂との縁を知られ、口利きを頼まれたら、後で自分が困るからだ。

なのに今聖の手の中には、会社からの剣呑なお誘いが、五通も来ていた。

「おい聖、どんな間抜けをやらかしたんだ？」

問うてくる加納の声が低い。和洋折衷、クラシックなソファで寝転がっている大堂の口の端が、くいと上がったのが目に入った。

弟の拓を養ってきた聖は、就職するにあたってずっと、堅実、平凡、退職金、福利厚生という言葉を求めてきた。弟を無事成人させ、大学を卒業させる為、その方が良いと判断したからだ。経済優先、迷いを持つ余裕も無かった。

ところが。

衆議院議員の加納、秘書の真木(まき)などと、日々を忙しく過ごしている間に、突然、必要な金が通帳に振り込まれる日が来た。拓は、糸の切れた凧(たこ)である父親から、ちゃんと送金を受けるようになったのだ。おまけに議員様方のおかげで、奨学金を貰う(もら)目処(めど)までついた。

聖は、気がつけば、我が身一人を養えばいいことになっていたのだ。すると途端、就職先に迷いだした。

堅実、平凡、退職金、福利厚生が、一番に必要ではない場合、何を求めて就職すれば良いのだろうか。

(分からない。俺ってば……やりたい仕事がないんだろうか)

真面目(まじめ)に就活しても、就職は難しい。その上、気持ちが揺れているせいか、聖の就職は、なかなか決まらなかった。

大堂との縁で、内々定を差し出された事もある。例えば加納の事務所だ。あそこならば、安全ではある。しかし。

（オヤジに迷惑をかけない所っていう基準で、働く先を選ぶのもなぁ）

それも違うような気がして、聖は溜息と共に、未だに就職活動をしていた。

ところが。そんな中、昨日聖は、この五通の封筒を受け取ったのだ。就職希望のエントリーは、していない会社であった。

「何でこんな誘いが来たのやら。俺にも、よく分からないんだ」

すると加納の表情が、益々険しくなった。

「聖、だから就職先は、さっさと決めろと言ったんだ。お前さんに甘えがなくても、周りが妙な考えを持ちかねない」

何しろ聖は、大堂や『風神雷神会』の面々に可愛がられているからと、加納が言う。大堂の妻、沙夜子議員とも顔見知りだ。親しい口をきく。経緯はまだ不明だが、五つの会社の者が、その縁を承知しているのだ。

「このままだと、オヤジさんに迷惑がかかる。それに噂が広まったら、聖はコネじゃない就職が、できなくなるぞ」

ここでオヤジが、楽しげに笑い出した。

「さてさて。聖はその件、どうするんだ？」

「ど、どうって……」

勿論断る。しかし、こんなものを貰う理由を、思いつかない。だから加納に相談しているのだ。

すると。この時加納が突然、まるで猫が笑ったかのような、奇妙な表情を浮かべた。

「何だ、聖は考えなしか。ああ、なら決めた。こうなったら聖には、早々に決断して貰おう」

いつにない、断固とした言い方であった。つまり。

「明日と明後日（あさって）、二日やる。その間に調べろ。どうやってその五つの会社が、聖とオヤジさんの縁を摑（つか）んで、そんな手紙を寄こしたのか。私達にちゃんと説明するんだ」

そして、だ。ここで加納の笑い方が、更に怖いものになる。

「ついでにその二日で、どこの企業へ就職したいのか、はっきり腹を決めろ。出来ないなら、聖の就職先は私達で決める！」

「へっ？」

「私とオヤジさんで考える。いや、沙夜子議員、小原（おばら）さん、多分真木や『風神雷神会』の面々も、口を出すだろうな」

そうして就職先が決められたら、聖にはもう否（いや）と言う事は許さないと、加納は本人の前で言い切った。

「そ、そんな無茶なっ」

「嫌なら二日で結論を出せ。なに、希望就職先の内定まで、取れとは言わんよ」

ただ、どこの会社で何をしたいのか、はっきりしろというのだ。就職先を勝ち取る策まで考えついたら、上等なのだそうだ。

「何で加納さんが、そんなこと仕切るんだ」

「お前さんが優柔不断だと、妙な封筒が来て、オヤジさんに迷惑がかかるからだろうな」

加納は向かいから、国会答弁をする時のように、隙のない口調で語ってくる。こういう時の加納は酷く手強かった。

「聖、私は聖の就職先を是非、勝手に決めてみたいねぇ」

つまり下手をしたら、加納議員の東京事務所へ、就職する可能性もあるらしい。

「オ、オヤジッ、何とか言ってよ」

「何だ。このまま『アキラ』に居残っても、構わんぞ。まあ、聖はお堅いサラリーマンがいいと言ってたな。大堂商事や大堂ホールディングスを受けたいのかな」

へらへらと笑いつつ言った。

大堂は、大堂グループと言われる企業を、所有している。社長や会長職を兼任しているのは知っていたが、聖がその会社について、あれこれ知るようになったのは、就職を意識してからのことだ。

グループは傘下に、商社の大堂商事、金融の大堂ホールディングス、他にもITや食品関連企業まで抱えているらしい。元々無精なんだから、もっと絞ればいいのにと思う程、大堂グループは大きいのだ。大堂が事務所『アキラ』にしょっちゅう来るのは、ここでなら政治勉強会『風神雷神会』を口実に、一休みできるからだという気がした。

勿論大堂は、一人でグループ全部の経営をやっている訳ではない。景気よく、人に経営を押しつけている筈だ。しかし多忙には違いなく、大堂が日頃、忙しいと愚痴を言っているのは、自分の責任であった。

そして働き者の大堂は、聖の優柔不断を承知できないようで、ここまで話が進んでも、加納の無茶な決定を止めるつもりはないようであった。いや、明後日になっても聖がふらふら迷い続けていたら、自分も一緒に、大いに楽しんで就職先を決める気に違いない。

「うわぁ」

手を握りしめる。決断しなければいけない時が、来たと分かった。

「……二日後までに腹を決めます」

二人の前でそう言ったものの、自分の言葉を耳にして、また呆然（ぼうぜん）としてしまった。

勿論、今は就職難だ。希望しても、相手の会社から断られる事は多い。聖も既に、多くの不採用通知を受け取っていた。

しかしとにかく、新卒で就職予定の学生なのだ。希望する将来、なりたい職種があってもいいではないか。

（どこへ勤めたいんだ、俺は？）

というより、一生、何をしていきたいのだろう。自分の事であった。

（ええと多分、俺は本当に、サラリーマンになってみたい）

それは間違いなかった。そして……そして？

「くそぉ」

聖は今、どうして大堂の名が聖の就職問題に絡（から）んできたのか、問題を調べ解決しなくてはならない。こっちも、期限は二日後であった。なのに今、五通の封書を見つめつつ、『アキラ』の中で立ちすくんでいるのだ。

（俺は十年後、何をしているんだろう）

何故（なぜ）、五社からの手紙に大堂の名があるのか、全く考える事ができないでいた。

エントリーの一

ナイショ ナイショ

1

内緒、内緒。

佐倉聖は今日、現在のアルバイト先の雇用主、大堂剛大先生に対し、秘密を抱えていた。

そのせいか、朝から何となく気持ちが落ち着かない。電車の窓から見える空は、今にも雨が降り出しそうであったし、降りた時、一、二度、遠雷まで聞こえた為かもしれない。出かける先を告げてこなかったので、スマホの電源を切る事を躊躇っているのが、落ち着かない原因とも思えた。

(ええい、気にしすぎだ)

目的地のビルの前で、聖は一つ息を吐くと首を振った。

決戦の場は、高層ビルの中なので大丈夫だ。雨は降らない。今のバイト先、事務所『アキラ』からの、都合の悪い話も届きはしない。事務所は、休みではないか。大丈夫、大丈夫だ。

(悪霊退散！　加納さんもオヤジも真木も)

聖は決意を秘めた顔付きを、さっと一秒で爽やかな笑顔に変えると、エレベーターでビルの三十二階へ昇っていった。

今日は聖が就職を目指す会社の、面接日であった。

大学三年になる前から、聖は就職の為の情報収集を始めていた。

最近は良き学生を早めに取りたい企業の意向があるせいか、採用が早めに決まる傾向があるから学生は気が抜けない。

一旦、アルバイトなどで採用し、資質を試す企業もある。

正式な内定が出ない時期から聖は、何社かへエントリーシートを送り、会社訪問などをしていた。そんな中でも今日は特別、勝負の一日であった。

広告関係では有名な大企業D社が、大学生の長期アルバイトを募集しているのだ。

事情通の噂では、D社ではこのバイトが、学生が使える人物かどうかを見極める、事実上の面接らしかった。長期アルバイトから、正式採用にこぎつけた学生が多いのだ。

(ここは大手で給料も良し、福利厚生は優、ついでに仕事も面白そうときた！)

聖としても、大いに興味がある仕事先なのだ。だがそういう極上の会社には、当然ながら希望者が多く詰めかける。アルバイトであるにもかかわらず、書類審査と面接があった。何とか一次選考は通過できたものの、会社に着いてみると予想以上にいかめしい、就職の面接そのものという雰囲気が待っていた。

D社ロビーから聖達学生はまず、大きな一室に通され、担当官から今日の面接のやり方と、三時までに終わる予定を聞かされる。そこいらのお手軽なアルバイト採用とは全く違う、大変きちんとした対応であった。勿論(もちろん)学生達は、リクルートスーツ姿だ。

(凄(すご)いなぁ。こりゃあ互いにこの面接が、D社の就職試験に繋(つな)がると承知だって事か)

そういう聖も今日は、きちんとスーツを着ている。学生は一人ずつ、廊下を挟んだ向かいにある面接部屋へ呼ばれ、面談をする事になっていた。

聖の順番は、大分後の方であった。やっと呼ばれて部屋に入った時、ブラインドの向こうが一瞬光る。いよいよ本降りになったのかもしれない。

対峙(たいじ)したのは五人の面接官で、どう考えても今のアルバイト先『アキラ』の上司とは、雰囲気も態度も違う、きちんとした印象の面々であった。皆、若手の社員ではない。

「名前は……佐倉聖君だね？　二十一歳、W大学在籍」

「政治経済学部です」

聖は日頃鍛えている表情筋を最大に活用し、目の前の机にずらりと五人並んだ男女へ、にこりと爽やかに笑いかけた。

「ところで佐倉君には、扶養家族として弟さんがいますね。だがご両親は健在だよね？」

　要するにどうして、聖が拓の面倒を見ているのか、説明を求めてきた訳だ。聖はこの質問は予想していたので動じず、あっさりと説明する。

「私の両親は離婚しております。弟を引き取ったカメラマンの父が、今海外へ行っておりますので、私が弟の面倒を見ております」

　聖が説明をすると、右端の女性面接官が頷いている。聖は笑みをこの面接官に向けた。家族についての話は嘘ではない。もっとも少し、かなり大幅に、色々言いたくない事を省いたりしてはいたが。

　例えば聖は、糸の切れた凧の遺伝子を持っている父から、母親の違う中学生の弟を押しつけられ、育てている事。親が親としての役目を放棄して消えていたせいか、聖自身は十代の頃、世の中の『かくあるべき、正しき』姿から思い切り外れ、要するに気合い入りでぐれていた事。それ故か、今は拓を立派に育てている事に、いささか意地になっているとは言わなかった。そのような話、面接の場で口にすべき事ではないと判断したのだ。

　いや聖ときたら、本当は別の秘密も抱えていた。それこそ会社には言うつもりのない、絶対に知られてはいけない事であった。

（内緒、内緒）

隠し事を包み込んでいるせいか、一層爽やかに作った笑みは、それなりに有効であったらしい。右手に座った眼鏡の面接官は己も微笑を浮かべると、聖にまた定番の質問をしてきた。

「ところで佐倉さん、当社への志望動機は何ですか？」

（おっさん、マニュアル通りの事を聞いても、何か空しい気がしない？　きっと皆、就職活動の本を読んで、立派な答えを用意しているよ。そんな返答を聞いて、会社のためになる戦力を、見極められるのかな）

一瞬、面接不合格へ直結の、生意気な考えが心を過ぎる。だが現在の職業上、気持ちを表に出さない訓練ができている聖は、笑みを崩さなかった。

「はい、御社の仕事が遊び心に満ちている上、社会的な意義をも考えている点など……」

聖は用意しておいた答えを返した。

（危なぁい）

間違っても一般常識から微妙にずれた、今のバイト先で言っているような答えをしてはならない。日頃どんな所でバイトをしているのか、突っ込まれたら困るではないか。

聖は履歴書にちゃんと、今別のアルバイトをしていると書いてはいた。だがそこに書かれているのは、事務員という文字だけだ。

(それが事実だからなぁ)

まあ事務員といっても、仕事の内容は普通の事務仕事と、大分違っている。だが聞かれてもいないのに、そこまで書く必要はないではないか。

それから聖は面接官達に向け、徹夜OK、体力的には自信がある事をアピールした。そして、この会社でやってみたい仕事があり、自分ならばその仕事をいかに展開するかについて、手短に面白げに語り、さっと話を締めくくる。今のバイト先での体験からすると、長々と初対面の者の喋(しゃべ)りを聞いていたい人間は、多くないのだ。

(結構上手(うま)くいったかな)

聖としては、上出来な面接内容だった気がした。だがそろそろ面接も終わりに近いかと思った時、面接官がD社に知人が居るかと聞いてきた。

(あ、コネの確認だ)

ということは、聖の成績ではコネがないと、アルバイトも無理だという事であろうか。

(やれやれ、さすがは難関の会社だな)

思わず溜息(ためいき)が出そうになるが、それでも笑みだけは崩さず、D社との縁はないと正直に言う。

その時、また窓辺が光った。

（ああ雷、近いな）

帰りに一雨降られるかもしれない。聖がそう思った瞬間、空を裂く重い音が響いた。

同時にブラインドを下げていた窓が、白く輝く。

いきなり停電となった。

2

「なぁ聖、卒業までに、一体どこの会社の面接を受ける気なんだ？」

D社の面接日より、少し前のこと。聖は『アキラ』で、雇い主の大堂にそう聞かれた時、すげない答えを返した。

「内緒。オヤジに言うと、また要らぬ首を突っ込まれるから嫌だ」

「こら、心配してやってるんだろうが。今まで育ててきてやったのに、いい年して隠し事をするんじゃない」

「オヤジ！　何時(いつ)俺が、オヤジに育てられたんだ？」

聖は口元を歪(ゆが)めると、糖尿病予防だと言って、極薄の羊羹(ようかん)とお茶を雇用主の眼前に置く。それを見て『アキラ』の持ち主である大堂は、どうやったら羊羹をこうも薄く切れるんだと、悪態をついた。聖はその言葉を無視し、小さく溜息をついた。

「オヤジ、何でやたらと俺の就職に、興味を持つんだよ？　一体いつから、政治家はそんなに暇になったんだ」

その問いに大堂が、今更のような答えを返した。

「俺はもう政治家じゃあない。引退したんだから、暇くらいあるのさ」

「先月講演を頼まれた時は、政治活動でもの凄く忙しいからって、断ってなかったっけ？」

聖が大学生稼業の傍ら、事務員として働いている『アキラ』は、元大物政治家である大堂剛の事務所であった。以前保護司のお世話になった聖は、たまたまその男の知り合いである大堂の事務所で、働く事になったのだ。

その縁で、大学にも行かせてもらっている訳だから、大堂には感謝している。だが政治の世界から引退を宣言したにも拘わらず、実業家で、今も若手政治家の勉強会『風神雷神会』の会長まで続けている大堂は、なかなか多忙であった。

その上事務所『アキラ』には、『風神雷神会』のメンバーである議員達が、しょっちゅう顔を出し、事務員の仕事らしからぬ用を押しつけていく。おかげで聖は、随分忙しい毎日を送っているのだ。

（元政治家事務所の事務員というのは、奇妙な仕事だよな。やはり弟を養っている身

としては、大学を卒業した後、堅い仕事に就いた方がいい）

聖は日々の経験を通して、こう思い定めたのだ。

ところが。大学三年となると、予想外の事が起きた。聖が就職活動を始めた途端、大堂だけでなく、加納など『颪神雷神会』の面々までが、聖の就職先に興味を示し首を突っ込んできたのだ。

「何だっていうんだ」

これに聖は、思いっきりうんざりした。何しろ実害があったのだ。

一度うっかり、堅い仕事だから先々公務員になりたいと『アキラ』で言ったら、さっそく『颪神雷神会』の議員がある役人に、大堂の関係者が試験を受けると喋ってしまった。

勿論、当然、その事で聖が試験に贔屓される事はない。最近、議員や公務員の素行に対するメディアの追及は厳しいからだ。故に、己の利にもならない興味半分の事で、馬鹿をする議員などいない。

しかし！　だからといって、役所に議員様の威光が全く通じない訳でもなかったのだ。聖の事は大堂門下の議員加納から、その新しい秘書小菅、そして大堂の妻沙夜子議員へ伝わった。その後、沙夜子の秘書真木が小原都議会議員へ喋り、最後は別の東京都職員にたどり着いたらしい。

（まるで伝言ゲームだ）

つまり来年、必死に勉強をした聖が東京都の試験を受け、受かったとする。すると不思議な事に当然のごとく、聖は公僕として、議会関係の雑用をする部署に回されるようなのだ。恐ろしい事に、まだ試験を受けてもいない今から、そんな話が早々にでき上がっていた。

（何で？　どうしてだ？）

しかし百万回首を傾げようと、役所側が知ってしまった佐倉聖の名は、今更隠しようがなかった。

（役人から政治家になる人は、結構いるしな。将来議員先生になりたい希望者は、実際になった人の何倍もいるんだろう）

議員達と繋がりを持ちたい役人は多いのだ。聖の関係者が高名な元大物議員大堂となれば、色々思うところも出てくるのだろう。

これでは平々凡々、地味でお堅い公務員生活を送る予定が、また『アキラ』に居た時と同じように、議員と関わる〝奇妙な事務仕事〟をこなす毎日になりかねない。

（こりゃ駄目だ）

突然、未来を見通す目を持った聖は、俄然民間企業への就職を希望するようになった。有り難いことに公務員試験を受けるのと違い、一般企業への就職活動は、それ程時期が限られていない。大堂達に内緒でもできる！

（仕事と政治を切り離し、地味で堅実な暮らしをしたいなら、今がチャンスだ）

聖はもう二十一歳で、立派なじじいと言える歳になった故、オヤジとその他大勢の議員と秘書達の我儘から、独立するつもりなのだ。それにはまず、経済的に独り立ちしなくてはならない。その為の就職であった。

だが聖が就職活動を始め、他の議員達から頼まれた臨時仕事を断り始めると、不穏な空気が醸し出されてきた。衆議院議員の加納など、わざわざ『アキラ』に足を運んで、正面から文句を言ってきた程だ。

「だってなぁ、不便じゃないか。諸事押しつけてた聖がいなくなったら」

選挙活動から事務仕事や料理、おまけに、外には出せない細々とした件の始末まで、聖は臨機応変にこなすから、頼むのに楽なのだ。おまけに聖は、生意気な事を言わない時は見てくれも悪くないし、体力もある。

今はそろそろ某所の補欠選挙が始まろうとしている時であり、選挙戦の経験豊富、貴重な戦力である事務員に休まれては困ると言うのが、加納の意見であった。

だがこの言い分を聞き、聖はぺろりと舌を出す。

「加納さんは、沢山秘書やボランティアを抱えてる筈だよ。補欠選挙って、吉沢さんの所でしょ？　そうだ、超優秀でコンピューターに強い新人秘書、小菅さんがいるじゃない。選挙応援は彼にやらせれば？」

小菅は一年前に、ボランティアとして加納事務所へ入ってきた若手だ。正規の秘書になると早々に、加納事務所の情報一切をパソコンに入れ、新しい自主開発の政治家事務所用ソフトで管理し始めた剛の者だ。そのソフトは優秀らしく、今では『風神雷神会』の多くの議員が、小菅特製政治家事務所管理ソフトを使い出している。聖より二つ年上のせいか、新人なのに態度が大きい。

「頼りになる秘書だって、自分で言ってたよ」

だが加納は小菅をどう思っているのか、納得した顔をしなかった。要するに聖の就職活動に首を突っ込んで、面白がっているだけだと思う。

そして、聖が困った顔をするのを面白がる『風神雷神会』の議員は、他にもいるのだ。

(だからね、入る会社が正式に決まるまでは内緒、内緒なんだ)

きちんと事が終わってから、大堂に報告しようと、聖は心に決めているのだ。

(オヤジや加納さんは勘が良いから、ばれないようにしなきゃ)

ならば顔を合わせている時間は短い方が良いという事で、聖は話し足りない顔の加納を置いて、今日も『アキラ』から定時退社した。その背中を、加納の目がじっと追ってきた気がした。

しかし赤羽の家に早くに帰っても、夕食が凝った料理になるだけで、面接をする企業が増える訳ではない。実際に民間企業を目指し就職活動を始めてみると、コネがないという事は不利なのだと、はっきり分かった。少々変わっている聖の家族の有りようも、また時としてネックになる事も知った。

「ふんっ、だから何だってんだ！」

毒づいて大根を真っ二つにした時、スマホが鳴った。加納の事務所からだったので、首を傾げつつ出ると、相手は加納ではなく、何と新人秘書の若い小菅であった。小菅は一応きちんと挨拶はしたものの、聖に思いも掛けない事を言ってきた。

『今日、加納議員が『アキラ』へ行ったんだってね。そして聖君は今、就職活動中なんだって？』

「はあ？　加納さんに用なら、俺へ電話したってしょうがないよ。あいつのスマホに掛からないの？　じゃあ『アキラ』へ掛け直してみて。誰かいるかもしれないから」

佐倉さんではなく聖君などと、妙に見下したように言われたのが気にくわない、だからつっけんどんに言うと、何やら含み笑いのようなものが電話の向こうから聞こえてきた。そして小菅は、今日用があるのは聖なのだというのだ。

『なあ君、就職先を探してるんだろう？　そして以前、加納さんが聖君をうちに引き取るって話が、出たことあるんだって？』

　ここで小菅は、聖には加納の事務所に来て欲しくはないと、はっきり言ってきた。聖が事務所に顔を出すと、加納が遊んで後が大変なのだという。

『聖君は良い大学へ行ってるんだ。うちじゃ無くても、他の就職先が直ぐに見つかるさ』

　そしてその上何と、出来たら議員秘書になるのではなく、関係のない世界へ消えて欲しいとまで言ってきた。いや、もう少し柔らかい表現ではあったが、まあ、そういう意味の言葉であった。

(要するに、小菅さんは俺の事が気に入ってないんだね?)

　多分加納と大堂と沙夜子が、何かと聖をかまう為だと思う。他にも、それを気にしている議員は結構いるのだ。秘書連中の内では、もっと多いに違いない。

「小菅さん、加納さんは小菅さんが、俺にこんな電話をしてることを知らないだろ」

　返事がない。

(勝手にこんな、あほな電話をしたのか。まだ若いくせして、姑息な事をする)

　聖は舌打ちをした。小菅は年上だとはいえ、まだ秘書としては新人であった。政治家事務所での経験で言えば、聖の方が随分と先輩なのだ。

　なのに小菅は、政治家秘書の肩書きを振りかざし、聖の就職に口を出してきた。二十三歳の若さなのだから、よその事務員の就職先に口出ししている暇があったら、仕事を覚えればいいのにと思う。

「小菅さん、暇なら選挙対策の秘策でも考えたら？　これから補欠選挙の応援に行くんでしょ」

するとと小菅は言い返してくる。

『聖君、「風神雷神会」所属議員の事務所は、俺が入ってからそりゃあ効率化されたんだよ』

今はパソコンに全てが入っているのだという。選挙のマネジメントも地図も名簿も、支援対策ですら、効率的なソフトが管理してくれるシステムになったのだ。だから聖みたいに経験を重んずる者とは違って、自分は早々に一人前の政治家秘書になっていると、小菅は自慢してくる。聖はスマホを睨み付けた。

「小菅さんは立派な政治家秘書って訳？　良かったね。俺は小菅さんとは、就職相談するほど親しくないし、加納さんは俺の家にはいない。じゃあ用は済んだね？」

何時までも小菅の相手をしていたら、ふろふき大根が作れないではないか。政治家の事務所に就職する気はなかったが、嫌みな小菅が満足するような事を教えてやる気にもなれない。

（バッキャロー）

いい加減、話を続けているのが嫌になったので、にべもない対応の後、聖はさっさと通話を切った。

3

D社の面接の場に、災難は突然やってきた。ただし今回は、大堂も加納も関係ない。とんでもない一撃は、空から降ってきたのだ。

雷が天空を光と共に引き裂き、地を鎚打つがごとく大音響を響かせた途端、周囲から明かりが消えた。聖はさっと椅子から立ち上がると、窓へ近づきブラインドを押し上げる。

目の前に広がるビル群の窓から、明かりが消えていた。信号機までが暗い。振り向くと、面接部屋は大きな窓があるせいか、多少薄暗くなった程度であった。だが部屋を横切り廊下を確認すると、相当暗い。非常灯の緑の明かりが、驚くほどはっきりと見えていた。

「一帯が停電状態になったみたいですね」

面接官達にそう断じると、後ろで戸惑いの声が上がる。ごま塩頭が直ぐにどこかへ電話をかけたが、顔付きは渋いままだ。

その時、廊下を駆ける足音が近づいてきた。部屋に飛び込んできた女性は、若くて顔が可愛かったが、とにかく慌てた様子で報告をしてきた。

「エレベーターに人が乗った直後、停電になっちゃったんです」

閉じこめられたかもしれない、どうしましょうと、うろたえつつ言う。

「どうしようと言われても……エレベーターの保守点検を受け持つ会社へ、連絡を」

女性面接官が指示をするが、面接会場となっているこの部屋には、連絡先を記したマニュアルを置いていない。その部署は、エレベーターで降りた先の三階にあると言う。突然の停電の為か、担当者が電話に出ないらしい。

「階段を降りて行きなさい」

二十九階分階段を登り下りするのは大変だが、非常時だからと女性面接官は言う。女子社員は一寸情けなさそうな顔をしたが、直ぐに頷いた。

「分かりました」

だが女子社員が出て行こうとしたその時、聖がさっと彼女の腕を摑んだ。驚く女子社員に向かい、僅かに笑って見せた後、聖は落ち着いた声で言う。

「このビルは、とても新しいですよね。ならばエレベーターには、停電時自動運転装置が付いていると思われます」

それは停電した時、作働していたエレベーターが最寄りの階まで移動した後、自動的にドアを開ける機能だ。

「えっ、今はそんなシステムになっていましたっけ？」

「社員さん、まずエレベーター内の人間が、外へ出られたかどうかの確認をしたらどうでしょうか」

停電になっても、携帯電話が直ぐに使えなくなることはない。エレベーターに乗っている人物の心当たりがあるのであれば、階段を下りる前に、まず電話をかけてみてはと聖は言った。女子社員は慌てたように、きらきらと光るデコラティブな携帯電話を取り出す。

「あの……あ、真子？　大丈夫？　え、みんな降りられたのね？　ああ良かった」

連絡はあっさりとつき、部屋内にいた面接官達の顔に、ほっとした表情が浮かぶ。

「良かった。では他のエレベーターも確認を」

ごま塩頭は専務であったようで、部屋に帰ってこない人間に電話を入れるよう、各部署への連絡を秘書に指示する。女子社員は聖に優しげな笑みを向けると、ドアから出て行った。

だがその時、廊下に通じるドアへ目をやった聖が、片眉（かたまゆ）を上げる。

「あれ、あんた達、何やってんの？」

見れば、向かいの部屋で面接を待っていた学生達が、大勢こちらの部屋を覗（のぞ）き込んでいた。いきなり真っ暗になったので、驚いて部屋から出てきたらしい。

「ああ、あっちの部屋には、窓がなかったっけ。でもそういうことなら黙って見てないで、その旨をこちらの面接官に話して、次の指示を仰いだら？」

専務が振り向く。聖の言葉を聞き、学生の一人が言葉少なに応じた。

「あ、そうなんだ」

その何となく心細げな返事を聞き、聖は思わず眉間に皺を寄せた。政治ボランティアで事務所に来たものの、あっと言う間に「合わない」と言い、帰ってしまう学生達を思い出したのだ。

彼らの多くは『臨機応変』という四字熟語の具体例を作るのが、得手ではなかった。そういう行動に出なければならない事態も、好みではない。それで、突発的出来事が団体で押しかけてくる政治活動には、早々に嫌気がさしてしまうのだ。

しかし突発的出来事は、政治家事務所だけの専売特許ではない。今日このD社にも、思いも掛けない事態が押し寄せてきているのだ。

するとこの時学生が急に、後ろから押しのけられた。眼鏡を掛けた男が慌てた様子で、面接部屋に入ってきたのだ。三十代半ばで太っていて、やたらと汗をかいていた。

「大変です。専務、停電です」

「それは分かっとる」

ごま塩頭が、渋い顔をする。

「それであの、本日予定の化粧品会社コンペ。あそこへ出すものが揃えてあるSルームの鍵が、今の雷で開かなくなりました。社員が一人、閉じこめられています」

途端に面接官達がざわめいた。Sルームがいかなる部屋の略称かは、聖には分からない。だがとにかく期限内に運ばなくてはならないものが収まっていて、それは結構重要な代物らしい。

「直ぐ、セキュリティー管理会社へ連絡を」

「もうしました。ですが、かなり広い範囲で停電しているので人手が足りず、直ぐには来られないそうです」

少しでも早くと要請したのだが、とにかく非常事態故に仕方がないと突っぱねられ、これ以上手が打てないと言う。

(ふーん、眼鏡さん、セキュリティー部門の人なのかな。それともコンペの担当者か)

とにかく閉じこめられた人より、コンペの資料の方が心配されているようであった。鍵屋はいつか来る手はずだから、人はその内出られるが、コンペの時間は容赦なく迫っているからだ。そこへ下の階から、階段を登って他の社員も駆けつけてきた。

「今確認しましたが、選考会場は停電していません。マスコミも予定通り、集まってくるみたいです」

「車があるからな。それに電車が、全線で止まることはないだろう」

とにかく全力でSルームを開ける努力をするよう、専務から指示が下る。そして手の空いた者に、もしSルームが開かなかった時に備え、何とかコンペを乗り切る為、他の部署に残っている資料を掻き集めるよう言う。薄暗い部屋の中は、急に忙しい場となった。

「こうなると、エレベーターが使えないのは、大変だなぁ」

思わずそうつぶやくと、ごま塩頭の専務が、またちらりと聖を見る。それから部屋にまだ学生達がいる事にやっと目が向いたらしく、皆の方を向くと申し訳なさそうに言った。

「皆さん、停電でご覧の事態となった。済まないが今回の面接は、これまでとする。これ以上時間をかけられないので、バイトは面接が済んでいる方の内から、選ぶ事になる」

残りの人達は運の悪い事だったと言い、専務が軽く頭を下げた。学生がざわつく。

今回のアルバイド面接は、先々の就職が懸かったものであった。面接されなかった者達は、不公平だと怒りたいところだ。しかし。

アルバイトはあくまでもアルバイトであり、D社正社員の採用試験は、一応後日別にあるのだ。だからアルバイト以外の事については、文句は言えない。本気でD社への就職を狙っている学生は、ごねて悪印象を残す訳にはいかない。だからか、ほとんどの学生が一礼すると、表だって不機嫌な顔を見せず、素直に階段の方へと向かった。

だが就職活動を大堂に隠している聖は、試験の為に休みを取るべきかどうか、確信がなくなり立ちすくんだ。全く見込みがないのであれば、休みは他に回した方がいい。

(ああ、D社とは縁がなかったのかなぁ)

それともこの騒ぎは、大堂と加納の呪いなのだろうか。溜息をついたその時、聖のスマホが震えた。さすがにマナーモードにはしておいたものの、事務所『アキラ』では面接に行くとは言えなかったので、切っておくのもためらわれたのだ。

もう面接は終わりだと言われたのだ。構わないだろうと、聖は電話に出た。

「はい、佐倉です。……あれ？　小菅さんなの。どうして俺に……あのねえ、パニクってちゃ、話が見えないよ」

聞けば小菅は加納から貸し出され、吉沢候補の補欠選挙対策に向かったらしい。二人は大堂が会長をしている政治勉強会『風神雷神会』の会員であった。つまり今日は、その選挙事務所でこの雷と遭遇したのだという。

「雷？」

聖は嫌な予感と共に、思わずスマホを見た。選挙対策中の政治家秘書が、雷で困る事と言えば、真っ先に頭に浮かぶのは……。

「落雷でパソコンが壊れたのか！」

確認すると、事務所にあった三台が、全部やられたという。雷ガード付きのコンセントにすれば、簡単に防げる事だというのに、対策が取られていなかったらしい。

「データのバックアップは？　取ってあったんだろうな」

聖の声が思わず大きくなると、面接会場を片づけ始めていたD社の面々が、不思議そうな顔を向けてくる。聖は必死に声を落とそうとしたが、返答を聞いてまた声量が跳ね上がった。

「別のパソコンにデータを移している最中だった？　それで……バックアップ分もやられたって？」

どういう危機管理をしてたんだとつぶやくと、スマホが怒ったように言い訳を喋りだした。要するに、パソコンという武器を失った途端、小菅はどうしたらいいのか分からなくなったのだ。己で事を収めることができなくなり、聖に泣きついてきたらしい。

(何で俺に)

多分、吉沢候補はその場におらず、加納にSOSを出す事も、無理だったに違いない。他に頼れるのは、年下で事務員の聖だけだったのだ。

(もしかしたら、今日は厄日なのかなぁ)

聖は思わず、消えている天井のライトを見た。

4

この状況でも一つだけ、神仏に感謝するべき事があった。

（とにかく今が、面接の真っ最中でなくて良かったよ）

落雷がなければ、面接官の質問に答えている頃だ。勿論マナーモードでスマホが震えても、出なかったに違いない。だが何度も着信があったら、面接中気が散って仕方がなかっただろう。

（やれやれ）

聖はスマホ片手に、寸の間考えを巡らせる。そして冷静な声で、何のデータがなくなったのか紙に書き出して、もう一度電話してくるよう言う。だが小菅は、直ぐに返事を欲しがった。

『だからデータは全部、駄目になっちゃったんだ。何がなくなったかなんて分からんよ』

聖は一、二、三と数えて一呼吸置いてから、落ち着いた声で返答をした。D社にいるのだ、大きな声を出してはいけない。

「まず小菅さん達が、これからやる筈だった仕事を書き出して下さい。今日、明日分くらいなら、思い出せるでしょう？　それを行う上で必要なデータを、パソコンに入れてありましたか？」

そうやって確認すれば、なくなったデータが何か、分かる。そのデータがないことについて、どう対策を取れば良いのかも見えてくる。そう説明すると、小菅はやっと聖の指示の意味が、分かったようであった。だが、一言余分な事も言った。

『聖君、説明が下手だね』

聖は思わずしかめ面となる。

「あのね、俺は小菅さんの仕事について話してるんだよ。何で俺が小菅さん本人に、詳しく説明しなきゃならないの？」

すると、むっとしたような沈黙の後、電話が切れてしまった。

「おいっ」

思わずスマホを睨んだが、もう返答はない。

(こりゃ駄目だ。小菅さん、相当いらついてんな)

どう考えても、このままにしておくのは、拙い気がしてきた。加納は吉沢の選挙戦が不利だとは言っていなかったが、小菅があの調子だと、事務所内を引っかき回しかねない。

(これから俺も補欠選挙の事務所へ、行った方がいいか)

小菅では、突発事態の収拾が酷く遅くなるかもしれない。補欠選挙は、既に選挙戦に突入してる。公示前の準備期間が短い故、悠長な事はしておれないのだ。

だが、挨拶をして帰ろうと振り返ったその時、聖は思わず目を瞠った。興味津々の顔付きをしたD社の面々と、まだ一人残っていた大学生が、電話をしていた聖を揃って見ていたのだ。

中でもごま塩頭の専務は、何やら見覚えのある薄い笑いを浮かべ聖を凝視している。それを見て、不意にぞくっとした震えが、首筋から腰に通り抜けた。

(あの専務の笑い方、見た事がある)

『アキラ』で大堂が浮かべていた笑みと似ていた。

(うへぇっ、ありゃ迷惑注意報、発動しなきゃいけない笑い方だぞ)

人の上に立つ者には、似てくる所があるのだろうか。

何故か早々に、帰った方が良い気がしてきた。聖は大堂よりは若そうに見える専務に一つ頭を下げると、自分も他の学生のように、ビルを歩いて下りるべく階段へ向かう。

その背に、専務が声をかけてきた。

「佐倉くん……佐倉聖くんだったね。ちょっと待ちたまえ」

言われて立ち止まった時、聖のスマホがまた鳴る。先に出なさいと専務に促されて応答すると、小菅からであった。

「聖君、とにかく今日やることは書き出した。そしてこのままじゃ、予定をこなせない」

選挙カーを出そうにも、予定ルートが消えてしまった。支持者を訪問するための住所リストも無くなった。ボランティアを増やそうにも、連絡先すら分からない。

次々と困った事を並べて、聖に何とかするようにと言ってくる小菅の口調が、いさかつっけんどんであった。ただの事務員に頭を下げるのが、嫌なのだろう。

（あのさぁ、補欠選挙応援は、今回俺の仕事じゃないんだけど）

聖はその言葉を、人に聞かれぬよう呑み込む。だが小菅はそこの所が分かっていないのか、それとも分かっていての嫌がらせか、とにかく雷ガードを付けなかった間抜けの収拾を、聖にさせようとしているのだ。

聖は小菅の声を聞きつつ、あの嫌みったらしくハンサムな議員を思い出していた。

（おかしいよ、加納さん。小菅さんは加納さんの秘書じゃないか）

聖ではなく加納が、ちゃんと秘書として役立つよう、指導すべきなのだ。だが加納はここにはいない。聖はくいと唇の端を下げると、とにかく小菅に向かって慎重にアドバイスをした。事務所『アキラ』の名を出したり、選挙や政治のことを言わぬよう気を遣う。

「地図の事は、加納さんのとこの安田さんに聞いて下さい。あの人なら、応援に行ったことがあるから」

名簿はオヤジの所の、笹間久太郎へ。会合などで不明な点は、沙夜子の所の真木に連絡を取れと、スマホの番号を口にする。

その後最後に、雷など危機管理については、長年オヤジの所を切り回していた小原に聞けと、念を押す。

「雷くらいでパニック状態になるなんて、普段の管理に抜けてた所があったんだよ」

これが『アキラ』に居る時受けた電話であったら、もっと歯に衣着せぬ感じで言ったに違いない。聖は元、気合い入りの不良で、雇用主の大堂にすら滅多に遠慮などしないのだから。

だがいつも、文句を言わないパソコン相手の時間が多い小菅は、聖の抑えた言い様ですら気に入らなかったらしい。不機嫌そうな礼の言葉を笑えるほど短く言うと、電話を切ってしまった。

「こ、す、が、さんーっ」

思わず毒づきそうになった時、聖ははっと周囲の者達の視線を意識して、姿勢を正した。

（あー、不便だっ。小菅さんのアホ、加納さんの馬鹿、おやじのバカヤローっ）

それから目を瞑り、今オヤジの前にいるのだと想像して一秒で癇癪を抑える。そしてとにかくスマホをポケットに収めた。

「やれやれ。雷で面接はなくなるし、小菅さんは切れてるし、今日はついてない」

ところが。この時聖は思わぬ言葉を、横から掛けられたのだ。

「電話は終わったかい。じゃあ君、面接続けてみるか？」

いきなりの言葉に、聖は思わず一歩後ろへ下がった。

「せ、専務さん！」

目の前のごま塩頭は喋ると、やはり何故だか大堂を思いおこさせる。

（胡散臭くて、突拍子がなくて、そして権力者だ）

専務の突然の言葉に、横にいる部下達も、戸惑うような顔をしているではないか。

（俺もよく、オヤジの思いつきに悩まされているっけ）

専務が急に言い出した事は、予定外なものであった。少なくとも部屋に残っていた他の面接官や、秘書達にとっては、迷惑そのものであるに違いない。

「佐倉君だっけ。今更面接の続きといっても、半分の面接官は停電に対処する為、既に部屋を離れてしまってな」

だからと、専務はまた笑った。聖は思わず、悪徳代官みたいに見えるから止めてくれないかと、その笑みを止めたくなったが、勿論言えた言葉ではない。専務は己の考えが気に入ったのか、大層嬉しそうに、聖へある提案をしてきた。

「君、停電した時この部屋にいたんだから、聞いただろう。このビルには停電と共に、開かなくなった部屋がある」

非常事態である。D社としては是非に、コンペが始まる時間までに、Sルームから必要なものを取り出したいのだ。

「もし、だね。もし君が、間に合うようにSルームから、必要なものを救い出してくれたら。そうしたら君を、面接が終わっている面々よりも優先して、アルバイトに採用しよう」

つまり聖は、D社へ入社する足がかりを得る事になるのだ。

「何で今更、俺だけ面接のやり直しを？」

するとここで、横から別の声がした。

「あの、その面接やり直し、私も参加させて下さい」

必死に声を挟んで来たのは、もう一人残っていた学生だ。奈々地と名乗った女学生に、専務がすいと眉を顰める。

「君、どうやって停電中の部屋を開けるつもりかね？　うちの社員達では手が出せず、困り切っているようだが」

しかしこの問いに、そういう事ならば聖も同じだと奈々地が答えた。専務が笑う。

「そうかな……それをこれから見るんだが」

「は？　えっ？」

まあ、やりたいならばやればいいと、専務が気楽そうに言ったものだから、追加面接志望者は二人となった。周りにいる者達は益々慌て、それを見た聖はまた胸を痛める。大堂に振り回される己の姿を、重ねたのだ。

（だけど俺は……面接を受けに来たんだ）

だから、やり直せるのなら受けてみたいと、専務に返答した。そして直ぐに、横にいた眼鏡男に質問をする。

「コンペまで、移動時間を差し引いて、どれくらい余裕があるのですか？」

「車で急ぐとして、二時間ほどは大丈夫だ」

「では内容確認、支度にかかる時間も引き、猶予は一時間半というところですね。やり直し面接は、その時間内ということでいいですか？　それまでにドアが開かなければ、開ける意味がないですから」

「確かにそうだな」

周囲の者が頷き、聖と奈々地はS部屋へと向かった。

5

Sルームのとは、スペシャルやシークレットの頭文字ではなく、スタールームのSなのだと何故だか不機嫌な眼鏡男が、聖達に教えてきた。この部屋で作成され提案された品が、ブレイクし世の中で〝星〟のごとく輝いて欲しい。そういう気持ちがあって付けられたらしい。

だが部屋へ案内してくれた眼鏡男……堀田に聞くと、コンペで使う模型などには、驚くほど高い価値の物はないという。ただ。

「そういうものも含めて、部屋の中は情報の塊だ」

つまり未発売新製品の値段や形状、売り上げ予想等、余所に漏れたら拙い情報が山と中にはあるのだ。聖と奈々地も、部屋で万一何かを見聞きしても、他言しないと約束させられた。

「そもそも、アルバイト希望者を、あのSルームと関わらせるべきじゃないんですがね。専務も妙な事を言い出すんだから」

「やっぱり、発売前から商品情報が分かっちゃうのは、拙いですもんね」

奈々地の言葉を聞くと、堀田は眉間に皺を寄せ、その顔を覗き込む。

「それだけだと思ってる？」

ここで聖が横から口を出す。

「広告代理店が握っている情報を知れば、その製品を出す会社の株価の上下など、分かる事も有るんじゃないかな」

新製品の当たりはずれが、株価に反映することはあるはずだ。情報の中から先々の事だとて読める。それは政治にも経済にも、言える事であった。すると堀田は聖の方を向き、良い発想だねと言い、にやりと笑った。

「何度も釘を刺すようだが、今回は部屋を開けるだけで、中に置いてある情報は見ないでもらいたい。勿論何一つ、持ち出してはいけない」

社員達も重要情報は、コピーする事すら許されていないのだ。聞けば堀田は、Sルームのセキュリティー管理をしているという。聖はひょいと、片眉を上げた。

「あ、そうなんですか。承知しました」

話をしている間に三人は三階分階段を下り、Sルームの前へと着いた。特別なドアではなかったが、鍵だけは確かに他と違う。聖がさっそくそれを確認しようとした時、またスマホが鳴った。聖はさっと奈々地に、ドア前の場所を譲る。

「先に鍵の確認をどうぞ」

廊下の隅に行きスマホに出ると、今度は加納からであった。声にとげが生えている。

「聖、何でまだ吉沢さんの事務所へ、行くと連絡入れてないんだ？」

小菅が加納へ落雷の事を報告し、後始末の仕方を聖に尋ねたと伝えたらしい。そう聞いたのだから、聖が加納の望みを先取りし、行動に移すのが当然だと加納は言っているのだ。

（そりゃ面接の真っ最中でなけりゃ、俺だってもう、吉沢さんの事務所へ応援に行ってたけどさ）

大堂が聖の目の前にいたら、大堂は加納を、そして吉沢を、助けてやれと言うに違いないからだ。

しかし聖は、雇い主でもない加納に説教される覚えはない。

「加納さん、あのねえ分かってないの？　俺は、オヤジの事務所の、事・務・員なんだよ」

少し先で奈々地が、Sルームのドアの鍵を確認しているのを見ると、早く自分も鍵をあらためたいと、気が焦(あせ)ってくる。望外にも降って湧(わ)いたチャンスを、目の前で攫(さら)われては敵(かな)わない。

聖がいささか素っ気ない応答をしていると、スマホから聞こえてくる加納の声が、針千本に化けてきた。

『……おい、聖。お前さん今、何をしているんだ？』

今日は事務所『アキラ』は休みの筈だと、人の予定に首を突っ込んでくる。

『いつもフットワークの軽いお前さんが、どうして今日に限って動かないんだ？　はあてぇ、どういう事なんだろうなぁ』

加納の疑るような言い方を聞き、聖は一瞬唇を噛んだ。加納は顔と姿形の見栄えが良いだけでなく、勘も頭も悪くない。あれで性格が見てくれに反比例していなければ、本当に王子様という渾名が、ぴったりという男なのだ。だから、どうしても知られたくない聖の就職活動を、かぎつけるかもしれない。

（拙い……）

避けたい事態であった。どうして今日はこうも、次々と不都合な出来事が襲ってくるのだろうか。

（いや、ネガティブになっては駄目だな）

今はきっと就職という戦いの中での、一種の危機管理状況下なのだ。つい今し方、小菅に危機管理がなっていないと、言ったところではないか。聖自身が、上手く危機を切り抜けられないのでは恥ずかしい。

窮地脱出のため、聖は方策を探して辺りを見回した。すると奈々地の姿が目に入る。にやりと笑うと、聖は加納に小声で言った。

「あのさぁ、俺は今デート中なんだよ。邪魔すんなよ」

『は？　聖がでえと？　相手がいるとは、初耳だな』

「俺は大学生だよ。彼女くらい居ても、不思議じゃないでしょうが」

そう言った後、聖はさっと奈々地へ近寄り、「どう？」と聞く。スマホを近づけた。

「あ、まだ大丈夫よね？」

意外と可愛い声を加納に聞かせた後、急いで奈々地の側を離れた。スマホから、吃驚したらしい声が聞こえてくる。

『おや、本当に女の子と一緒にいるみたいだな』

加納の驚きが、ちょいと忌々しい。だが、とにかくこれで危機回避が出来たらしく、加納が電話を切ってくれた。

（やりぃ。この手はこれからも使えそうだな）

機嫌の良くなった聖は、張り切ってSルームを開ける作業に参加した。鍵を開ける自信はあった。

何故なら聖は事務所『アキラ』にて、実務経験豊富な議員や秘書達から、様々な要らぬ知識を教えて貰っていたからだ。その中には、〝鍵屋へ就職出来るかもしれないから〟というよく分からない理由で、錠前を開ける技術も含まれていた。

おかげで聖は、『風神雷神会』で錠前屋代わりに使われる羽目になっていて、今まではあまり感謝した事のない技術であった。

「奈々地さん、開きましたか？」

近寄って声を掛けると、しゃがんでいた奈々地が、驚いた表情で上を向く。だが悔しそうに首を振った後場所を移動して、今度は聖に鍵の前を明け渡す。聖は鍵の前に立ち、中に閉じこめられた人に、声を掛けた。

「あの、どなたか部屋内に居るんですよね。内側から、鍵を開けてみましたか？」

すると中から、大久間（おおくま）と名乗る声がした。

「暗証番号を押し、いつものカードを通しても、ドアはびくともしません」

「やっぱ、こっちから開けなきゃ駄目か」

聖はドアの前に座りじっくりと鍵を見て……少しばかり考え込む。

「カードと暗証番号を使って開ける方式の錠か」

鍵は使わない錠前だ。さすがに大会社が新しいビルの部屋に付けている品だけあって、聖が始めて見る形の鍵であった。ちゃんとした工具もない今、聖の腕では開けるのに苦労するかもしれない。

（だけどこの鍵……）

堀田の方を見ると、部屋の前に集まった社員達と共に聖達を見ていて、何も言わない。聖は眉間に皺を寄せ、錠の前にしゃがみ込んだまま、しばし考え込んでしまった。

（何故だろう）

そこに、また電話が掛かってきたので聖は顔をしかめ、奈々地と場所を交代し電話に出た。スマホを切っておけば良かったと思ったのは、相手の加納が、とんでもないことを言い出したからだ。

『おい聖。今『風神雷神会』の面々が集まってる』

それで今日の聖の行動について、皆が話の種にしたらしい。

『皆で、聖が今日何をやっているのか、賭(か)けをすることになった』

「はああ?」

『可愛い声を聞かせては貰ったが、俺と真木は就職活動中とみた。沙夜子さんはデートに一票。吉沢は、疲れの溜(た)まった聖が、ぐれてさぼっているという意見だ』

他に、免停になって免許を取り直しに行ったという主張と、弟の拓と喧嘩(けんか)の真っ最中で、それを大堂に言いたくない状態だという推察があるらしい。

(よくぞまあ、あれこれ考えるな)

聖は廊下で溜息をつく。だがこの会話で分かったこともあった。

(加納さん達、吉沢さんの応援に入ったんだ)

聖で賭けをしたメンバーの内、選挙真っ最中の吉沢が、暢気(のんき)に『風神雷神会』へ出かけている訳がない。つまり他の連中が、緊急事態の吉沢の事務所に居て、彼に手を貸しているのだ。

（うへええええっ、こりゃ行かなかった俺は、後で色々言われるなぁ）

聖は雷と小菅とSルームの錠が、憎たらしくなってきた。

『後で本当のところを聞かせろよ』

加納が楽しんでいるような声でそう言ってから、電話を切る。聖はポケットにスマホを仕舞ってから再びドアをみつめ、小さく溜息をついた。

（社会人になるのって、本当に大変だ）

ドアの鍵について疑問が湧いて出ていたが、答えが思い浮かばない。この状態でドアの前に陣取ってもしょうがないので後ろに立ったままでいると、また吉沢事務所から電話が掛かってくる。

溜息と共に出ると、今度の相手はオヤジこと、大堂剛であった。

6

『やあ聖、元気に休みを過ごしてるか？』

大堂の声はすこぶる機嫌が良く、先程の専務の声を思い起こさせた。やはり似ている。

『ところで、加納達がお前さんで賭けをしているのを、知っているか？』

「さっき電話がありました」

『そうか。賞品は、お前さんを一週間ばかりこき使う権利、というものだったぞ。頑張れや』

「はあああ？」

聖が思いきり情けのない声を上げると、大堂はくつくつと含み笑いをしている。だが次にいささか低い声で話したので、聖はひやりとした。

『お前さんが、呼ばれても来ないというか、来られないという。つまり……就職活動中だろ、聖』

「えっ……」

『時間の融通が利かないって事は、先輩を頼っての会社訪問とかじゃないな。もしかして、早くも面接までいったか』

（悪霊退散、オヤジを打ち祓いたまえ！）

聖はスマホの前で、一瞬目をつぶった。かくもはっきり大堂に見抜かれては、隠しておく事も出来ない。

仕方なしに聖は小声で、D社の長期アルバイトに応募したことと、落雷が引き起こした一件を口にする。大堂はD社のアルバイトが正社員への登竜門だと、承知しているようであった。だが、興味を持ったのは鍵の事だ。

『イスラエルの特殊錠ならともかく、お前さん、部屋の鍵くらい開けることが出来るだろう。さっさと終わらせなさい』

面接が終わったら、大堂も顔を出しているから吉沢の事務所へ来い、と言われたのが怖い。だが聖は、直ぐに行けるかどうか分からないと返事をした。

『どうしてだ？　そんなに手強い錠前なのか？』

「それがオヤジ、俺にはその鍵が、落雷でどうにかなったようには思えないんだ」

何故なら、他の鍵は落雷で壊れてはいない。不思議な事に、鍵を開けるための、マニュアルを出してくる者がいない。

「つまり、ドアが開かなくなった原因は、他にありそうな気がするんだ」

そうだとしたら、厄介な話だ。多分、時間を食うと思う。ここで大堂の声が、面白がっているようなものに変わった。

『おや、おや、おや、おや』

その話も後で全部聞かせろと言った後、大堂は電話を切った。一つ、意見を残していった。

『ドアの謎。単純に考える事だ』

聖は目を見開いた。

「なるほど……ねえ」

もしかしたら大した事など、何も起こっていないのかもしれない。ただ偶然が重なって、事が大きく見えているだけなのかもしれないのだ。聖が電話を切ると、そこにあの専務が近寄ってきた。

「奈々地君は苦戦しているみたいだ。佐倉君はどうだね、開けられそうかな?」

聖は僅かに笑みを唇へ載せると、一つ専務に質問をする。

「あの、お聞きしたいんですが、例えば重要な情報などを、御社ではどう管理なさっておいでですか?」

つまりパソコンに入れられている未公開情報を、どう守っているのかと聞いたのだ。専務は、特定のパソコンを扱える人間は、限られているのだと言った。生体認証を行っているらしい。その他にも情報のコピーは違反とされ、社外持ち出し禁止だという。退社時に持ち物チェックがあるらしい。

「持ち物チェックですか」

つまり、持ち出せば売れる情報が、部屋の中にはあるのだ。

「おいおい、持ち出されては困る」

「ですよねえ」

聖は頷くと、ドアの前に戻っていく。そしてSルームの中にいる大久間に声をかけた。

「大久間さん、鍵を開ける時に使う暗証番号は、何番ですか？」

「それは……」

「言っても構わない。停電が済んだ後、手続きを踏めばまた変更できる筈だ」

横から専務がそう言う。大久間は分かったと言い、部屋内から聖に番号を伝えた。

「1129だ」

聖が己で打ち込んでみて、それからドアを引いた。予想した事ながら開かなかった。

「なるほど」

すると聖はここで、ちょっと待って下さいと言い出した。

「窓の外の建物に、明かりがついてます。このビルもじき、停電が終わるのかもしれません」

「えっ、そうなのか？」

出られると思ったのか、大久間が部屋の中で、動く音が聞こえる。

「あの、どこのビルに明かりがついているんでしょうか？」

奈々地が聞いてきたが、聖はそれには答えず、逆に小声で頼み事をした。

「手元が見えにくいので、大型の懐中電灯が欲しいんです。幾つか、どこかで借りてきてくれませんか」

先程エレベーターの件で話した女性社員が、すぐに防災用の大きな懐中電灯を三つ持ってきてくれた。

　聖は奈々地へ懐中電灯の一つを渡し、そばにいた社員にも一つを持って貰う。そして合図をしたらドアの隙間から、Sルームの内を照らして欲しいと頼んだのだ。最後の一つは己で構えた。

「あの、どうしてそんな事を？」

「しっ、無言で頼む」

　それからドアに向き合うと、わざとらしく大きな声で「あれっ、明かりが」と大きな声で言う。そして合図をし、三つの懐中電灯をドアの隙間へ向けた。

「ああ、停電が直ったようですね」

「へっ？　そうなのか？」

　堀田の狼狽える声がする。聖の大声を聞き、奈々地が急いで辺りを見回した。だが天井のライトは暗いままだ。しかし聖はその事を無視してこう続けた。

「これで鍵が開きますね。電気が通ったのだから。大久間さん、開けてみて下さい」

　聖がそう言うと、中から何やら音がする。じきにがちゃりと音がして、突然鍵が開いた。

「おお、コンペに間に合った！」

　廊下に嬉しげな声が湧いた。直ぐに何人かの社員が部屋へ入って行き、取り残されていた大久間と話を始める。

だが大久間が真っ先に、手洗いへ行かせてくれと言ったので、軽い笑い声と共に皆が一旦下がる。だが。

廊下に出ようとした大久間の足が、一瞬止まった。廊下のライトはついていなかった。薄暗い廊下が待っていたのだ。

「あれ……？」

大久間が小さな声を上げた時、聖が大久間の手を摑んで引き留めた。

「大久間さん、ちょっとそのままそこに、いてくれませんか。すぐ済むから」

それから思わずと言った風に近寄ろうとした奈々地を、ぴしっとした声で止めた。

「奈々地さん、暫く後ろの方にいてくれ」

「は？」

ただ驚いている顔に、聖はきっぱりと言った。

「あんた、リクルートスーツ姿だからな。それ目立つんだよ。いかにも学生が、就職活動してます、って感じで」

「私は今日、会社へ面接に来たんですよ。こういう格好は、当たり前です」

「そうだな、俺も同じでリクルートスーツだ。そして見ろよ、こんな格好をしている人は、ここにはまずいない」

就職活動中の学生の姿は、一種独特であった。D社のような広告関係の会社だと、もっとラフなのが一般的らしく、こういう格好はしないものらしい。つまり学生は一目で見分けが付くのだ。

「それで？」

学生が学生であったら、なにか拙いのであろうか。奈々地の問いに聖が頷いた。

「拙いよ。だって学生は面接だけして、さっさと帰る者達だ。よっぽどの事が無い限り、荷物検査など、大してされないだろうからな」

「……荷物検査？」

奈々地だけでなく、専務らが顔を上げた。聖が今開いたばかりのSルームを指さす。

「例えばだ、あそこから一番価値のあるもの……そう、情報を勝手に抜き出したいとする」

だが勿論それは、やってはいけない違反事項だ。承諾なしに持ち出せば、窃盗に当たる。重要な情報であれば、勝手な持ち出しを防ぐ為、どの社でも対策を講じている。D社でも何か漏れた場合、当然社員のパソコンの記録が調べられる。パソコンは、誰が何時使っていたか分かる仕組みになっている筈だ。

しかし、だ。コンペに使う資料まで、コピー一つできないのでは困る。だから、今ならパソコンの中身は取り出しやすいに違いない。しかし社外へ、情報をこっそり持ち出せないのは同じ事であった。

「ところで今日は、学生達が面接を受ける為、この社に沢山やってくる日だったんです」

ここで可能性が出てくる。もし、もしこの学生の持ち物に、例えば情報をコピーしたSDカードを忍ばせる事が出来れば、社外秘情報は社外へ出る。面接に来ただけであるはずの学生の荷物は、そうは詳しく調べられないだろうからだ。

帰る学生の後をつけ、社から十分離れた所で声を掛けて、手違いがあったと言えばいい。その学生からカードを取り戻す事は、簡単であろう。

だが、この計画を実行するには、他にも問題があった。例えばこのSルームでどうやって、重要情報をコピーするかという事だ。今日はコンペの直前だから、一人で長く部屋にはいられないだろう。

「一人で、長くSルームにいる……?」

廊下にいた面々の顔が、聖が手を摑んでいる大久間に向いた。大久間は今しがたまで長い間、Sルームの内に長くいた。

「でもそれは、停電のせいだろう。たまたま一人になった時、鍵が開かなくなったせいだ」

「そう、今日Sルームが開かなくなりました。今日の騒ぎの最初の一押しをしたのは、電気です。つまり雷、落雷ですね」

突然ビルが停電した。そしてきっとSルームに何人かいた者達が、一斉に部屋を離れたあと、一人大久間が残されSルームは閉まってしまった。だがバッテリーがあるから、電気が落ちてもコンピューターは暫く使える。その時その場でなら、パソコンの中から情報をコピーできたのだ。

聖が鍵を指さした。

「ドアが開かないようにするには、本当に簡単な方法があります。鍵を掛けてしまえばいいんですよ」

そして、今回の停電のせいだと、言えばいいのだ。まさか閉じ込められた当人が、中から鍵を掛けているとは、誰も思わないだろう。

すると奈々地が、手の中にある懐中電灯へ目を向けた。

「あの、じゃあ今これでドアの隙間を照らしたのは、停電が終わったように見せる為ですか」

もし聖の言うように、停電でドアが開かなくなったように見せかけていたとしたら、電気が回復したとなったら、急ぎ開けなくてはならないからだ。

皆の視線が、ドアと、そして大久間の方へ向く。

「そ、そんな馬鹿(ばか)な。停電の後、ドアは開かなくなったんだ。それで皆苦労してたんだぞ」

堀田が納得しかねると言い、聖に怖い顔を向けてくる。聖は唇を歪めた。

「勿論、いきなりSルームだけが開かなくなったら、妙だと思われかねません。でも今日の場合、事を起こす側に取って、幸運があった。落雷です」

つまりドアが開かなくなった事を、鍵の故障を、停電のせいにできたのだ。

「そして、外に居た者が口でそう説明したので、皆、納得したんですね」

聖の目が、堀田の方へ向いた。専務へ一番に状況を説明したのは、確かにこの男であった。

「停電は好都合であったけど、面接が途中で終わりとなり、学生達がほとんど帰ってしまいました。予定外の事が起こった為、堀田さんは焦っていた」

このままでは、せっかくコピーしたものを、学生を利用して持ち出す事が、できなくなってしまう。そんな時、聖が通電したと一芝居打ったものだから、止める事も出来ない内に大久間は鍵を中から開けてしまい、廊下に出てきたのだ。

「こうしてドアは開きました。その、俺が開けた訳じゃ、ありませんが」

聖がそこで一旦話を止める。大久間はそれこそ、本当に熊になったかのような、怖い顔をしていた。

「それはお前さんが、勝手に考えたことだろう？　アルバイトに採用して欲しくて、おおぼらを吹いてたんだろう」

今はその、たまたま運良く鍵が開いたのだと、大久間は言い出した。すると、ここで専務が一歩、大久間へ近寄る。

「佐久間君の話が本当かどうか、調べれば分かる事だ」

大久間がSDカードを持っているかどうか。そしてそのカードに、勝手にコピーしてはいけない情報が入っているか否か。この場で分かる事であった。

すると、大久間の表情が変わる。そして焦ったような顔で言い訳を始めた。自分のパソコンで見たい資料があったから、コピーをしたと言うのだ。だがカードはまだ、社外へは出ていない。会社にも誰にも、迷惑もかけていない。

「なるほど。堀田が、鍵のマニュアルを持ってこない理由が分かった」

専務が、苦い青汁でも飲んだような声で言った。

7

「D社の面接は、そうやって終わりました。つまりあの休日はせっせと鍵を開けていたので、吉沢さんの事務所へ、応援には行けませんでした。済みません」

聖は後日、大堂の事務所『アキラ』で、顔を揃えた議員の面々、特に吉沢に謝る事となった。

本来であれば休日の行動であるから、頭を下げる必要などないようにも思える事だ。だが政治の世界で、そんな話が通用しない事くらい、聖にも分かっている。大堂がにやりと笑みを浮かべた。

「まあいいさ。今日は吉沢の当選祝いだ。あまり厳しい事を言っても、めでたさが削がれる」

ここで甘い顔を見せてきたのは、加納であった。だが聖は、加納の言葉に感涙したりはしなかった。加納にはきっと、聞きたい事があるのだ。

すると案の定、先日聖の電話に出た女の子は誰だと聞いてきたではないか。

「ああ、奈々地さんの事ですか」

たまたまD社の面接を一緒に受けた女の子だったのだと言うと、加納はその子の容姿を聞いてくる。

「真木の方が美人ですね」

聖が本当の事を言った。真木は風にそよぐ、春のしだれ桜のような容姿をしているのだ。

ただし、たぶん奈々地の方が大食いでもなく、世間常識もある。家事も真木よりはできそうだと言うと、渋い顔付きをした真木の隣で、コーヒーを飲んでいた沙夜子がむせている。

「それで？　聖、Ｄ社の面接はどうなったんだ？」

大堂に聞かれたが、この問いに聖は首を傾げる事となった。

「多分駄目だったんでしょう。最後にＤ社の社員を告発するような事になったんで」

聖は後の事に構わず、程なく会社を出たが、誰からも、何も言われなかったのだ。

「まあ、あの状況だし、歓迎はされないと思います」

聖がそう話を締めくくると、沙夜子がならば自分の事務所へ就職するよう、話を持ち出してきた。

「聖君は気が利くから、居てくれたら便利だわぁ。最初は少々、安月給だけど」

「おいおい沙夜子、うちの事務員を取らないでくれ」

大堂は、先々まで考えてやる故（ゆえ）、このまま『アキラ』にいればいいと偉そうに言う。加納も口を出しそうになったが、今回間抜けをした小菅を鍛えるのが先だと、沙夜子達に一蹴（いっしゅう）されてしまった。

とにかく当面、聖は就職活動をオープンにして行うしかないようであった。煮ても焼いても食えない政治家に隠し事をするのは大変だと、今回思い知らされたのだ。だが。

この度の就職活動は、これで幕を閉じはしなかった。暫くたっての事。聖が赤羽の家に帰ると、見慣れぬ封筒が届いていたのだ。D社からであったので、台所で慌てて開封する。すると中から、アルバイト採用の通知が出てきた。

「あれ？」

聖が余りに驚いた顔をしていたからだろう、弟の拓がコップを手にしたまま、少し心配そうな顔をして見てくる。

「何でだ？」

聖の頭に、大堂と印象の似たあの専務の顔が浮かんだ。そして何故だかひやりとした震えが、背中を走ったのだった。

エントリーの二

羊羹こわい

1

元大物政治家、大堂剛の持つ事務所『アキラ』では、竹皮に包まれたぶっとい羊羹が、何故だかテーブルの真ん中に置かれていた。

それを、全国にその名を知られた大堂と、『アキラ』の事務員聖が、両脇から奪い合っていたのだ。衆議院議員加納が側にいるのに、二人を止めもせず見ているというのだから、有権者には見せたくない光景であった。

「弟の拓だって、こんなことで俺を困らせたりはしないよ。いい加減にしろよ、オヤジ！」

その内、若い聖が力任せに羊羹をつかみ取ると、やっと騒ぎに一応の決着がついた。最近、何やらいらいらとしている大堂が、歯に染みるほど甘い特大の一本を、丸ごと囓りそうになったので、聖が慌てて取り戻したという訳だ。

だが大堂は、事務員であるにもかかわらず、雇用主から有名和菓子屋の逸品を奪った、聖の行いが不満であったらしい。金と地位と暇がある上に、六十を過ぎても見た目が悪くないという、素晴らしく恵まれた人生を送っているくせに、たかが羊羹一本をきっかけに、せっせと聖に不満を述べ始めたのだ。

「オヤジ、要するに暇で暇でしょうがないんじゃない？」

聖の余計な言葉を聞いた大堂は、益々不機嫌な表情をした。それでなくともここのところ、聖に対し不満が溜まっているらしいのだ。

「とにかく世が不景気なのも、ガソリンの値の変動が激しいのも、私が再出馬を求められているのも、全ては聖がいけない。お前さんが他社へバイトに行くと決めたもんだから、私はとんでもない目にあっているんだぞ」

聖のせいで、羊羹すら好きに食べさせてもらえないと、愚痴は続く。すると加納が横から、何と大堂の方に加勢をしてきた。

「聖、羊羹くらい、オヤジに渡してくれよ。でないとこっちの話が、いつまでもできないじゃないか」

「加納さん。どうして現役の衆議院議員さんが、わざわざ昼間から『アキラ』に来て、羊羹の事に首を突っ込むんだ？」

「だから……困り事があってな」

「はあ？」

大堂門下の政治家達は問題を抱えると、師がいる事の多い『アキラ』に来るから、情けない話であった。

（だけど、いつもは元気な加納さんまでが、そういう事をするとは）

思いっきり予定外だ。羊羹と大堂と加納を見比べ、聖は深い溜息をつく事となった。

日比谷にある『アキラ』は表向き、大堂の持つ会社関連の事務所だとされている。だがその実態は、大堂が趣味の宝塚観劇に通い詰めるための根城だと、聖は常々主張していた。

大学生である聖は、中学生である弟との二人暮らしを支えるため、『アキラ』で事務員兼何でも係として働いている。だが将来の事を意識し始めたのを機に、就職活動を始めていた。

「大学を出た後は、政治などといういかがわしいものと縁を切ってサラリーマンとなり、真っ当で地道な未来を摑みたいんだ」

これが聖の、青春の主張であった。

そこで聖は、就職に結びつく事で有名な、広告関係の大企業D社の長期アルバイトに応募した。だが面接が妙な事になり、てっきり駄目だと諦めていたら、驚く事に採用通知が来たのだ。

アルバイトが始まったら、聖が『アキラ』で働けなくなる日も出てくる。それで最近、大堂の妻である沙夜子議員の秘書真木が、臨時に『アキラ』へ手伝いに来始めた。

だが大堂はその真木に、頭を抱えているのだ。

「つまりは聖が務めをさぼるから、私が可哀想な目にあうんだな。うん、聖が悪いんだ」

大堂の大仰な愚痴に、聖は首を傾げた。

「オヤジ、何が気に入らないんだ？　真木は仕事ができる人だと思ってたけど」

おまけに見てくれも大層良い。沙夜子の姪である真木は、保証付きの美人秘書なのだ。この言葉を聞き、事務所の洒落たソファに腰を下ろした大堂は、深く頷いた。

「分かっている、秘書としての真木は合格だ。だがそれ以外の仕事は、目も当てられんということも、よーく分かった。聖、台所の皿やカップが、大分割れてしまったぞ」

「えっ」

慌てて小さな台所へ確認に行くと、確かに大幅に食器が減っていて、顔をしかめる。しかしこの時聖は、直ぐに横の棚に置いてあった到来物の菓子にも目を向けた。一、二、三と数えてから、口を尖らせる。

もう政治家に戻るつもりはないと公言しているのに、現役の政治家達は、大堂の集票力につい頼りたくなるらしい。妻が引き継いだのとは別の地域から、再出馬しないかとの話が、今でも途切れずやってくるのだ。選挙の噂のある最近はとみに、手みやげである到来物の甘味が、事務所内に増えていく。

「オヤジ、俺が会社まわりをしている間も、甘い物は控える約束だったよな？」

無茶をすると糖尿病になるぞと、怒りを含んだ目をソファへ向ける。すると大堂は、何故だか悲しそうに首を振り、聖に怒られる程は食べていないと言い始めた。

「羊羹なんて、ここ暫く全く口にしてないぞ」

だから真木が休みの今日こそ、食べたかったと言うのだ。

「真木はなぁ……聖に言われた通り羊羹を薄く切ろうとするんだが、大概上手く切れない。そしてその内に、形を崩してしまうんだ」

家事と壊滅的という字を結びつける才能を持った真木は、包丁を扱うたび失敗することに、じれるらしい。じきに、全ては羊羹があるから悪いのだと、一棹を大きくぶつ切りにし、さっさと全部、自分の胃袋に始末してしまうというのだ。

真木は健啖家であった。

「風が吹くと桶屋が儲かり、聖が余所でバイトをすれば、私は羊羹を口にできなくなるという訳だ」

大堂の愚痴は真剣なものであった。だが聖は、大堂が未練がましく羊羹へ差し出してきた手を、ぺしりと叩いて引っ込めさせる。

「真木がいてくれて良かったじゃない。オヤジはほっとくと、本当に一棹食べかねないんだから」

今でも国民的人気を持つ元政治家は、思いきり拗ねた表情を聖に向ける。その時、

『王子様』と渾名される衆議院議員加納が、大堂の愚痴に溜息を重ねてきた。

「オヤジさん、この世は理不尽な事だらけなんですよ。だからもう羊羹の話はこれ位にして、次にこっちの話を聞いてくれませんか」

「何だ、本当に焦っているのか。お前さんにしては珍しいな」

政治家としては若く、顔が良く、腹が立つ程に調子も良い加納は、いつもなら若輩政治家に、相談を持ちかけられる方なのだ。大堂はソファに深く腰掛け直し、聖は羊羹を抱えたまま、居間の椅子に座り込んだ。

加納は動物園の熊のように、事務所内を行ったり来たりしながら語り始めた。

2

「ストーカーが出た。それでうちの事務所が、危機的状態になったんですよ」

「ストーカー？　加納さんに？」

事務所の周りを、うろつきだした者がいるのだという。もう二月も付きまとっている、しつこい相手だと聞き、聖は首をちょいと傾げた。そして口元に笑みを浮かべる。

「加納さん、追っかけができるなんて、有権者へのリップサービスをしすぎて、変な期待を抱かせたんじゃないの？　この際その人を嫁に貰ったら？　いやいけない、もう奥さんはいたんだっけ」

だがこの発言に対し、加納は拳固を突き出してきた。

「相手は男、親爺なんだよ、聖！」

「おんやま、そういう趣味があったの」

加納にそう言った途端、拳固は有効に使われた。もっとも聖は、十代の頃実に気合いを入れたぐれ方をした不良だったせいか、拳をかわすことは得意だ。

聖が倒れなかったのだから、いつもの加納ならば、むきになって勝負をつけようとした筈であった。だが今日は様子がぐっと違い、さっさと話を本筋に戻し語ってゆく。

「こっちは議員ですから、なるべく事を荒立てず、ストーカーにもの柔らかく対応するよう、事務所の者達に言っていたんですが」

そうしたら、いつもの仕事に加えストーカー対策をするのが負担となったらしい。選挙が近いとされるこの時期に、突然加納の秘書が二人も辞めたのだという。

「辞めた秘書って誰……え、地元の事務所の第一秘書？　山根さんだよね。砂村さんも？　加納さん、あの温厚そうな人達と喧嘩でもしたの？」

「あのなあ、私は仏様のように、人当たりの柔らかな議員なんだぞ」

仏がその意見に同意するかどうかは分からないが、とにかく秘書二人と加納の間に、表だっての諍いはなかったらしい。加納によると、第一秘書の山根は突然、教師になると言い出したのだ。山根は子供に教えたいと、願っていたらしい。

「あ、羨ましい。公務員になるんだね」

聖がつい本心を言うと、向かいで大堂が、どうして皆、公務員にばかりなりたがるのかと、ぶつぶつ言いだす。

「堅いばかりで面白くないじゃないか」

加納が慌てて話を戻した。

「第二秘書の砂村が退職届を出したのは、実家に戻り蕎麦屋を始める為だそうだ」

「蕎麦屋！」

これまた意外な理由で、聖は目を丸くする。だが男の夢として、店を持ちたいという気持ちは分かる気がした。自らが経営者になると厳しい事もあるだろうが、定年がないのは良い。

ここで大堂が、加納に尋ねた。

「だが第一秘書と第二秘書が、一度に居なくなるのはきつい。おい加納、ストーカーとは、どんな奴なんだ？」

その男が近寄らないようにし、秘書達を呼び戻す事はできないのかと大堂に言われ、加納は眉尻を下げ首を振る。東京で忙しく活動している加納に代わり、ストーカーに対処していたのは秘書達であった。だがその為、加納には肝心の相手の顔が分からない。ストーカーは頑として、名前を言わないでいたのだ。

「今、事務所はとりあえず、第三秘書の北本が仕切って、若い小菅が助けている」

事務所のアルバイト達によると、上の二人が辞めた後、北本までがストーカーをかなり気にしているようだという。いきなり責任者となって、仕事も手に余っているのか、溺れかけた金魚のような顔付きとなっているのだ。このままでは第三秘書まで失いかねないと言って、加納は顔をしかめた。

そして部屋の真ん中で立ち止まると、聖を拝むようにして言ってきた。

「だからさ、聖、しばらくうちの事務所に、力を貸してくれないか」

自信家の加納が、聖に対し頭を下げるのは珍しく、余程困っているのに違いない。しかしここで、残念ながらと言って頭を横に振ったのは、聖ではなく大堂であった。

「加納には悪いが、聖には今、これ以上働く余裕はないんだ」

聖は元々、学生とアルバイトを掛け持ちしている上に、家事もこなしている。既にかなりのオーバーワーク状態なのだ。最近は就職活動を始めた上、更にもう一つ気がかりを加えていた。

「気がかり？」

「実はな、加納。ここしばらく、拓は朝起きてくる時、必ずふくれ面なんだそうだ。だが聖にはその理由を言わない」

兄が拓に訳を尋ねても、首を振るばかりだという。勿論、兄弟喧嘩などはしていない。加納は首を傾げた。

「聖よりずっとまともな拓に、一体何かあったんだ？　ちゃんと調べたか？」

聖が渋い表情で、首を横に振る。兄貴として、弟の様子に気を揉んでいた。だが。

「拓が何も言わないのに。俺が首を突っ込んでいいものかどうか、分かんないんだ」

拓はもう十四歳の中学生であり、兄にひたすら庇われたい歳でもないと思うのだ。おまけにこの兄貴は今、アルバイトと奨学金で弟との二人暮らしを支えているから、弟に掛かりっきりとなる訳にはいかないときている。

時間が足りないのだ。

「つまり聖は今、加納の為に動けないんだよ」

大堂がそう話を締めくくる。加納は大きく一つ、溜息をつくこととなった。

だがこの時、聖が加納に、あっさりと言った。

「加納さんの地元へは行けないけど、ストーカーの事くらいなら、調べてもいいよ」

「聖！」

大堂と加納が揃って驚いた顔をしたので、聖はぺろりと舌を出した。そして山根が、公務員に中途採用された事に興味があると、正直に言った。

「教員になれれば、政治と関係を持たずに、公務員になれると思って」

この言葉に、大堂が顔をしかめる。

「聖、お前さん、D社に入りたいんじゃなかったのか」

「まだ内定も貰ってないのに、就職先を一社に絞る学生はいないよ」

加納は思いきり嬉しげな顔付きをし、上手くいったらボーナスを出すと約束してきた。大堂は口元をひん曲げる。

だが元大物政治家、大堂の決断は早い。好きにしろと言ってから、聖の顔を覗き込んできた。

「仕方がないな。聖、お前さんがやれると言うんなら、就活とアルバイトと家事と学業をこなしながら、加納も助けてやれ」

「は、はい……」

「だが忙しくなる前に、まず真木に、包丁の使い方を教えておきなさい」

とにかく、羊羹の問題をどうにかしてくれと、大堂は渋い声で言ってくる。

「そして、ストーカーを調べるのに忙しいからって、弟のことを放っておくんじゃないぞ」

「分かっているよ」

「父親は海外だ。拓には、他に家族はいない。お前が頼りなんだから」

「……うん」

だが、就活と加納の件両方に取りかかるとなると、家の事に割く時間がますます減るのは、目に見えている。聖は一瞬目を瞑(つむ)った後、思い切って大堂の顔を覗き込み言ってみた。

「あのさ、オヤジ。オヤジから拓に、最近の不機嫌の訳を聞いてみてくれない？　駄目かな？　オヤジにならあいつも、素直に話すかもしれないし」

「駄目だ。聖、時間がないなら、加納の件を断れ」

「わあっ、大丈夫だよな、聖」

今以上の仕事をすると言ったのは、聖自身だから、溜息をつきつつ頷く。とにかく真木とストーカーを何とかした上で、弟の心配をすることとなった。

3

（羊羹の件は、簡単に何とかできそうで、実は一番難しいのかもしれない）

問題は、真木の家事の腕なのだと、はっきり分かっている。よって聖は昨日、真木へ電話を入れ、羊羹だけは崩さず切れるようになって欲しいと懇願していた。

「中学生の拓君の為？　聖には時間が必要なのか。うーん、何とかしなきゃね」

しかし声が渋い。苦手な包丁を持つと考えただけで、真木はうんざりするらしい。

だが綺麗(きれい)なお姉さんは、拓に優しいのだ。

「一応努力してみるから」

(ありがたい。真木の方はこれで良い、というか、こういう事しか出来ないよな)

よって今日から、ストーカーの件を考えているのだが、こちらはまだ何も分かっていなかった。

(加納さんには熱狂的な支持者がいる。だから、おばさんがストーカーしたって言うんなら、分からんでもないんだけど)

いい年をした親爺が、どうして『王子様』と渾名される加納議員のストーカーをするのだろうか。

「佐倉君、ちょっといいかな」

(それにだ、気になるのは、秘書達がストーカー騒ぎと同じ時期に辞めた事だよね。本当に、仕事過多で草臥(くたび)れたのかな)

実は聖は、その事が気になっていた。選挙が始まれば、秘書達は平素よりずっと忙しくなる。臨時仕事をこなす事には、慣れているはずなのだ。

(多分二人は、いつかやりたいと思っていた職業へ鞍替(くらが)えできたから、転職したんだよな)

機会があればと心の奥に望みを抱いていても、仕事となると、なかなか望みは叶(かな)うものではない。だからチャンスが来た時、二人は転職してしまったのだ。

（だけど、さ。どうやって公務員と蕎麦屋に、なれたんだろう）

公務員はいつも人気の職業で、採用されるのは難しい。蕎麦屋は腕も必要だろうが、店を開くとなれば開店資金が必要だ。

だが二人は、その問題を突然乗り越えたらしい。そしてその時期と、ストーカーが現れた時期が重なっている。

（偶然なのか？）

分からない。

（これで本当に、加納さんの困り事を収められるのかね）

己が心許なく思えてくる。おまけに弟の拓は今朝も、ふくれ面をしたままであった。

「佐倉くん？　私の話を聞いているのか？」

（何でだよ）

拓は、糸の切れた凧のような、頼りない親を持っているせいか、将来ちゃんと己の力で食べていけるよう勉強を欠かさないでいる。おまけに間違っても、大人しいだけの性格ではない。聖が教えたものだから、喧嘩の仕方と相手を殴る加減も、ちゃんと心得ていた。

以前、しっかりぐれてしまった経験を持つ聖の目から見れば、弟は誠に安心できる、頼もしい男の子に育っているのだ。今まで聖に、心配をかけた事などなかった。

（なのにどうして今回、心配してくれとばかりに、ふくれ面を続けているんだ？）

何故聖に相談してこないのか。聖が一番気に掛かっているのは、多分そこなのだ。

「佐倉君、これで呼ぶのは三回目だが」

「……へっ？」

「佐倉君！」

一段大きな声で名を呼ばれて、聖は目をぱちくりとすると、やっと声の主の方へ顔を向けた。目の前に十人ほどのアルバイト仲間と、機嫌の悪い前田指導官の顔がある。それを見て、思わず赤面しそうになった。

（やべ、バイト先にいるんだった）

聖は今日、他のアルバイト仲間と共に、大手広告代理店Ｄ社の三階フロアーに呼び出されていた。就職に直結すると噂のアルバイト先は、採用した学生達を実際働かせる前に、課題を一つ提出させることにしたのだ。聖はその大事な話の途中、思わず当面の問題について、考え込んでしまっていた。

アルバイト達の指導係を名乗った正社員前田は、プリントを手に近づいてくると、思いきり不機嫌そうな表情を浮かべ、椅子に座る聖を見下ろしてくる。聖は慌てて立ち上がると、深く頭を下げた。

すると前田は聖に顔を近付け、口元を歪めると、ごくごく小さな声でつぶやいた。

「ふんっ、コネ採用だからお気楽だな」

「は？」

思わず顔を上げる。だが前田は直ぐに知らぬ顔をすると、新人アルバイトへの課題だと言って、聖にもプリントを渡してきた。

（コ、コネ採用？）

思わず訳を聞きたくなったが、前田はさっさと部屋の前へ戻り、課題の説明を始めてしまう。

「君達には、氷菓『ゴリゴリ棒』の売り出し方について、コンペティションに出す為の案を作成をしてもらう」

プリントには氷菓について、簡単な説明が書かれていた。D社は広告関連の会社だから、『ゴリゴリ棒』の販売計画全般を、任されているのかもしれない。すると前列の一人から質問が出た。

「あの、いきなりこんな大きな仕事を、まだ働いてもいないアルバイトがするんですか？」

普通ならばバイトの仕事など、雑用係がせいぜいの筈であった。この情報はマル秘かと問われ、前田がその学生へ鋭い質問だと笑いかけた。

「それは先だって、俺たちがやった仕事だ。『ゴリゴリ棒』、もうすぐコマーシャルが流れるよ。同じ事を新人さん達にも試みてもらう」

「ああ、実際の仕事ではないんですね」

つまり本採用になった場合、新入社員として使える者なのかどうか、能力や適性を調べる為の課題なのだろう。前田達が現在やっている仕事は何かという質問が出ると、あっさりと教えてくれた。

「うちの課は今、『ゴリゴリ棒』姉妹品の売り出し、静かな事が売りの、サイクロン掃除機の売り出し、新セキュリティーシステムのお披露目会の仕切りをしている」

前田は皆に、アルバイトに出る最初の日に、課題を提出するよう伝えた。質問があれば、前田が受け付ける。

「皆はD社のアルバイトが、社員採用に繋がるという噂は聞いているな。それは本当だ。だからもの凄く大変な採用活動を、くぐり抜けてきた筈だ」

応募人数が三千人と聞いて、聖は魂消た。今、部屋にいるのは十人だ。

「ここまでたどり着いたんだ。就職試験の一部と思って。この課題、張り切ってやって欲しい」

「はい」と、張り切った声が部屋に広がる。だが聖は一人、溜息を一つ嚙み殺す事となった。

（この氷菓『ゴリゴリ棒』の売り出し、結構大変そうだな）

おまけに一緒に、真木が包丁を使えるようになったかを確認し、加納のストーカー事件を解決しなければならない。

いやそれだけではない。一番大切な、拓の事を何とかしたいのだ。頭痛がしてくる。

（スーパーマンにならないと、無理じゃないかな）

連絡が終わるとすぐに解散となり、周りのアルバイト仲間達は本採用を目指し、張り切った顔をして帰ってゆく。皆が部屋から出た後、最後になった聖は、慌てて廊下に出た前田を追った。

「あの、先程は済みません。不注意でした」

「いや……」

「それで、一つお聞きしたいんです。あの、コネ採用とはどういう意味ですか？」

聖には就職に関する限り、コネなど全くなかった。いや、大堂や『雷神風神会』の面々が面白がるものだから、マイナスのコネを抱えているようなものかもしれない。

なのに何故、『コネ』などという言葉が、聖に向けられたのだろうか。

オフホワイトの廊下で真っ直ぐに向き合うと、一瞬前田の唇が歪むように引き上がった。

「この会社は、社員の家族であっても、縁故採用はされない。厳しいんだ」

そして前田も、そういう裏口は大嫌いだと言い切る。

「そ、そうですか」

それは分かるが、どうしてそれを聖に言うのかは、分からない。すると三十前と見える男は、更に理解不可能な言葉を口にしたのだ。

「氷菓『ゴリゴリ棒』、好きなんだろ？」

「へっ？」

どうして、何故に、ここで『ゴリゴリ棒』の話題が出てくるのだろうか。聖が目を丸くして立ちすくんでいると、前田はそれ以上何も言わず、さっさと廊下の向こうへ行ってしまった。

「『ゴリゴリ棒』とコネ入社？　何なんだ、一体」

聖は唇を噛んだ。『王子様』加納は親爺ストーカーに好かれ、弟は不機嫌の虫に取り付かれ、聖は手にしたこともないコネで、皮肉を言われている。

この世は謎に満ちていた。

4

D社へ行った翌日、聖は大堂から『アキラ』に呼び出された。信じられない事に、加納がパニック状態で『アキラ』に来たらしい。

急いで顔を出すと、大堂が大きな箒を持って仁王立ちしており、その横で加納が小さくなって座っていた。

「おんやぁ加納さん、オヤジに箒で打たれたの？」

多分、大堂がうんざりするほど、騒いだに違いない。加納は聖に向き合った途端、涙目で緊急事態を訴えてきた。

「とんでもない事が起きた。何とうちの第三秘書北本が、辞めてしまったんだ！」

「は？」

この報告には、聖も目を丸くする。加納は立ち上がると、今日もくるくると『アキラ』の中を歩き回り始めた。

「北本は、サラリーマンになったと言うんだよ。秘書は余りに忙しいので、もうやってられないってさ」

だがあれだけ忙しかった最中、いつの間に就職活動をしていたのやらと、加納は頭を抱えている。大堂が箒を壁に立てかけた。

「流石に、一度に三人も秘書がいなくなると、日々の運営すら、相当にきついな。ストーカー対策や選挙対策ときたら、お手上げだ」

選挙という一言が出たことに、聖が片眉を上げる。

「加納さんは選挙区で、いつも断とつのトップ当選だよね。それにまだ、選挙への流れはできてない時期じゃん。今から次の心配をする必要は、ないんじゃない？」

「それがな、加納は次回、楽勝とはいかないかもしれないんだ」

流石に大堂は、政治の世界の事情通であった。驚いた事に、人気の『王子様』、加納と取って代わろうという豪儀な議員志望者が、地元に現れたと噂なのだ。

地元出身の小城（こしろ）という実業家で、カジュアル衣料を中心に、化粧品や食品という多分野で成功を収めている男が、先生と呼ばれる身分に興味を示しているらしい。

「まだ噂だ」

当人は人前で聞かれても否定しているというから、衆議院議員選挙への出馬は、あくまでも噂なのだ。

だが大堂によると、小城の噂には、議員となったら地元に大きな工場を建て、雇用を増やすという話がくっついている。小城がその気になれば実現確実な話に、この不況下、皆の期待が向かい始めているのだ。

「酷（ひど）いとは思わないか。きっと小城がわざと工場の噂を流したに違いない。地元の雇用を増やすから、議員にしろって？　札束で議員バッジを買うと言っているようなもんだ。ふてえ野郎だ」

加納は怒ったような、拗ねたような顔付きをしているが、立候補すら噂に過ぎない相手に対し、喧嘩は出来ない。

（はは ぁ……加納さんが心底悩んでる訳は、ストーカーじゃないな。この対立候補のせいだ）

いや、ストーカーが現れたのと秘書の退職は、どんぴしゃりのタイミングで起こっている。つまり二つの事は、選挙と絡んでいるのかもしれない。聖は不意に、事の真相が見えた気がして、加納に顔を向けた。

「ねえ、加納さん。そのストーカー、もしかして、さ」

ストーカーをする事によって、疲れた秘書達を追い出す事に成功すれば、加納の事務所は人手不足になる。つまり、選挙にも影響が、確実に出るのだ。

「つまり……」

だが加納は、首を横に振った。

「聖、小城さんが顔を隠して、ストーカーをしたと考えてるんなら、そいつは外れだ」

加納は疲れたように言う。

「俺も一時、選挙を前にして、てっきり小城さんが場外戦を仕掛けてきたんだと思ったんだが」

しかし小城はストーカーが現れたとおぼしき日、少なくとも二日間は確実に、海外へ仕事に行っていたのだ。小城の仕事の予定は全て把握しているという、片腕とも言うべき秘書の志賀(しが)に、きちんと確認を取ってある。志賀は小城の滞在先まで、教えてくれたのだという。

「あの人にはどう考えても、ストーカーはできなかったね」

加納の事だから、多分己でも確認を取ったのだろう。いささか残念そうなその口調を聞き、聖は僅(わず)かに苦笑いを浮かべた。

「じゃあその志賀さんが代理で、ストーカーをしていたというのは、どう？　小城さんの片腕なんでしょ？」

「志賀さんは、長年の盟友ともいえる人だそうな。だが小城さんより年上で、そろそろ定年が近い」

社主が馬鹿(ばか)をしたら、諫(いさ)める側だろうと加納は言った。定年前の仕事が、ストーカーの代理では、やりきれない。

「なんだぁ、間違いのない考えだと思ったのにな」

推測は外れ、おまけに秘書不足の問題も含め、事態は深刻なままであった。加納の声が低い。

「地元事務所に残った秘書と言えば、小生意気で若い小菅だ。だが小菅はパソコンを使うのは得意だが、対外的な面が弱い。大きな金の扱いに慣れていない。地縁、血縁の者達への対処など、まだまだだ。いや、全く駄目だ」

　国会活動のために必要な秘書としての顔つなぎなども、ほとんどできていない。今加納の事務所は、極め付きに人手不足なのだが、これはアルバイトを雇っても補えないことであった。必要なのは政治活動に慣れた、事務所や加納の予定を仕切れる者なのだ。

　ここで加納が、聖の両肩に手を置いた。

「聖、緊急事態だ。長ーい付き合いじゃないか、こうなったら今すぐ、うちに就職してくれ」

　聖は、まだ大学に入る前から大堂が手元に置き、面白がってあちこちに連れ回している。ついでにこき使われてもいたので、若くてもかなり経験は積んでいるのだ。以前にも加納を手伝った事があるから、選挙区の者とも顔合わせは済んでいる。そして衆議院というものは、いつ解散してもおかしくない。

「加納さん、俺たちの付き合いは、そんなに長くはないと」

「オヤジさん、今回は譲って下さい」

　加納が本気だとみて聖は頭を抱え、止めてくれるよう、大堂へ視線で頼んだ。だが頼りの大堂は、何故だかにっと笑うと、とんでもない事を言い出したのだ。

「それで聖、お前はどうしたいんだ？」

「オ、オヤジ？」

この食えない元大物政治家は、ここで聖の対処の仕方を見る気になったようだ。政治家事務所への就職から逃げたかったら、己で何とかしろというのだろう。つまり、面白がっているのだ。

先だって、公務員に興味を示し、加納の件に首を突っ込んだのが、いけなかったのかもしれない。いや、羊羹の敵討ちだろうか！

（くそっ、こんな時に限って、味方についちゃくれないんだから）

仕方なく聖は、もう一度はっきりと断った。だが今日の加納は引かない。何としても引かない。溜息が出た。

（このままだと、なし崩しに政治家の秘書にされかねないな）

だが一生の問題を、人手不足で決められてはかなわない。聖は拓の為にも、堅い職業に就きたいのだ。

（やっぱり、なるだけ大きな会社へ就職しなくては！）

聖はここで両足を踏ん張った。そして……側にあった電話へ、手を伸ばしたのだ。

大堂がすっと目を細める。

「聖？」

受話器を手に取ると、馴染(なじ)みの電話番号へ掛けた。電話はあっさりと繋がり、人不足のせいか、うまい事目当ての人物が出た。

「あ、小菅さん？　俺、聖です」

　己の事務所に掛けたのだと知り、当の加納議員が目を見開いた。小菅は、どうして聖がいきなり電話を掛けてきたのか、いぶかるような声を出している。

　加納と大堂が、じっと聖を見てきた。

　小菅のプライドが六本木ヒルズよりも高い事を承知している聖は、ここでわざと、『アキラ』に今、加納が来ている事を告げた。途端、己が知らぬ内に加納が何を話しに行ったのかと、小菅が気にする。聖はいかにも優しそうに、こう告げたのだ。

「小菅さん、そっちは今ストーカー対策に頭を痛めてるんだって？　大変だよね、小菅さんは秘書になってから間がないから、初めてでしょ、そんな奴の相手」

　似た年齢であるのに、政治の世界に関わっている時間が、聖より短い事を指摘されるのが大嫌いな小菅が、寸の間黙った。聖はすかさず、更に優しげな言葉を口にする。

「こんな時に、頼りの秘書さん達が辞めてしまったんだって？　ベテランの秘書さんが三人も、続けて退職したそうで。そりゃあ心細いでしょ、良かったら力を貸そうか」

　心細いかと尋ねた途端、電話の向こうで何かが壊れる音がした。

「小菅さん、事務所で何か割ったみたいだよ」

　聖が小声でそう言うと、加納が急いで受話器に耳を近づけてくる。すると小菅はここで、聖が待ち望んでいた一言を口にしたのだ。

『俺は何にも困っちゃいないんだよ！　ストーカーの相手くらい、一人でちゃんと出来る。心配しないでくれ』

「おや、そうなの？　でも小菅さんだけじゃ凄く心配だから、その、俺も……」

『よ、け、い、な、お世話、だっ！』

絶対に加納事務所に来るんじゃないと、加納本人にも、よーく聞こえる声で怒鳴ってから、小菅はぴしゃりと電話を切った。

「お、おい、小菅！　お前、こんな時に」

既に繋がらなくなった相手に向かい喋る加納へ、聖は小さく首を振った。

「小菅さんに断られちゃった。これじゃ俺は、加納さんの事務所へは、手伝いに行けないな。小菅さんが怒ったら、ヤバイでしょ？」

三人の秘書に辞められた今、残った唯一の秘書、小菅にまで消えられては、事務所が成り立たない。いくら政治家事務所の勤務経験があるとはいっても、聖では加納の事務所の細かな事まで、分からないからだ。

「仕事を引き継ぐ秘書が、誰か残ってないと、事務所がパニックになるよ」

そして小菅は今、聖を受け付けない。

「断腸の思いだけど、加納さんの事務所への就職は断らなきゃね」

聖がきっぱりと言うと、加納が、化学調味料の塊を舐めてしまったような顔をした。大堂がソファの上にひっくり返り、大笑いを始める。

「小菅はまだ青いな。聖に、いいように動かされているじゃないか」

今回は負けだと大堂に言われ、加納は思いきり大きな溜息をついた。聖もほっとして、一つ息を吐く。だが加納には一つ約束をした。

「新たな秘書にいいなという人がいたら、知らせるから。この不況下だもの。存外早くに見つかるかもしれないよ」

「三人も、一遍にか？」

加納の口元が更に情けなさそうな、への字になった。

5

（加納さん、真剣に困ってるなぁ）

こうなったらせめて、ストーカーの件くらいは解決してやろうとは思うのだが、聖は夜も忙しかった。赤羽の家で夕飯の支度をしつつ、アルバイト先に出す為、氷菓『ゴリゴリ棒』のコンペティション用案、つまり『ゴリゴリ棒』をいかに売り出すかについての私案を考えていたのだ。

スーパーで鶏肉が安かったので、今日は鶏なべであった。テーブルに鍋とコンロを出すと、手早く肉や野菜を切り自家製のつみれも用意する。ポン酢とごまだれを鍋の横に置けば、後は常備菜を添えて終わりだ。

聖は、拓が帰ってくるまでに仕事を済ませようと、台所のテーブルの上でパソコンを立ち上げた。

D社のサイトを見てみると、課題である『ゴリゴリ棒』の、大きな写真が出ている。実際に採用されたパッケージは、ブルーで統一されており、食感を前面に出したあおり文句が付けてあった。つまり会社が採用した方向性は、何となく察しがつく。

(男性向けで、コンビニに並ぶ品かな。じゃあ、それから外れない線で案を一つ出すのが正解か?)

聖は他に、味と食感の両方を前面に出すタイプの対案を、一本出す。もう一つ、対象年齢より少々若そうな、高校生の口コミに頼る戦略を一本付け、提出できるものにした。

(悪くはないよね)

あまり細かな資料は貰っていないので、簡単にまとめるもので、良いとは思う。しかしせっせと書き上げ、プリントしたものを眺めてみると、このくらいの堅実なまとめ方は、他のアルバイト仲間達からも出てくる気はする。聖が書いた案を見て、面白いと思う上司が居るかどうかは、怪しいものであった。

（うーん、いささかインパクトに欠けるかな）

頑張らなくてはならない。出来ればこのD社に就職したい。そうすれば、拓を安心させてやることができると思う。自分も、ある意味ほっとするに違いない。

（オヤジの事務所を辞める時が来たら、ちょっと……大分、寂しいかもしれないけど）

アルバイトに入る前から、「コネ」などと言われるところをみると、大会社というのは人が多い分、気を遣う所なのだろう。『アキラ』で働いている時のような、気楽な面はぐっと減るのかもしれなかった。

（だけどまあ、政治家事務所にはそこなりに、きつい面もあったし）

とにかく世帯主なのだから、どこへ就職しても、頑張って働くのみであった。もう一度手を入れ直し、プリントし直す。その時になってもまだ拓が帰宅してこないので、聖は提出用紙をまとめつつ、眉を顰めた。

「それにしても拓の奴、どこに寄り道してるんだ？」

小さい子ではないし、心配する事もなかろう。だがしかし、と思ったその時、電話が鳴った。

赤羽の病院の一室で、弟が足をギプスで固定されているのを見つけた時、聖は一瞬目を瞑った。

「骨折は、保険でカバーできる契約だったっけ？」

頷いてから、弟の寝ているベッドに近づく。ベッド脇(わき)のカーテンの横に、似た年のガキとその親らしい人がいたので、思わずそっちを見た。どうやらこの男の子と、喧嘩したあげくの怪我(けが)とみて、一つ息を吐く。

「そちらのお子さん、怪我は？」

確認すると、痣(あざ)程度だという。親の話が正しければ、拓と相手の子は学校の脇、階段近くで喧嘩をしていた。拓は相手に突き飛ばされ、階段を落ちて、足の骨にひびが入ったという訳だ。

謝ってきた両親をそっちのけにして、聖は子供に向き合った。真っ直ぐにその目を見た後、拓のギプスを指さし、喧嘩をするのなら加減を身につけないと、とんでもないことになると、はっきり言う。

「お前さん、あんまり喧嘩をしなれてないだろ？　だから相手の痛みが分からない」

そして無茶をしたら、自分が責任を取らねばならなくなることも、分かっていなかった。

「だろう？」

言われた男の子が半泣きの顔になると、お互い様の喧嘩だったのだと、ベッドの上の拓が口を挟んできた。向き直った聖は、弟には遠慮などしなかった。

「いでぇっ……」

振り下ろされた拳固が痛かったらしく、拓が頭を抱え身を縮めている。相手の子の両親は、余程驚いたのか黙ってしまった。

「心配をかけるようなことをするな！」

誠に正しい主張をすると、ガキの喧嘩を騒ぎにするのも馬鹿らしいと、相手方と相談し、事を収めようと決める。何も言わぬうちに、入院代の足しにと幾らか見舞金を出したところをみると、しっかりした親のようであった。帰宅した後、息子はがっちり叱られそうに思えたので、後は任せることにした。

喧嘩については早々に終了させ、相手方とはきちんと挨拶をして別れる。病室に二人きりになると、今度は弟に向き合うため、聖は脇にあった椅子に座った。

「それで、どうしてだ？」

今回は、だんまりは駄目だと言い渡すと、拓が頷く。そして、思わぬ話を口にしたのだ。

「コネ野郎って言われたんだ」

「はあっ？」

「拓の兄貴は、コネ使って大きな会社にもぐりこもうとしてる、悪い奴なんだって。

ほんとは馬鹿なんだって」

「馬鹿？」

聖は驚いて目を見開く。正直な話、拓以外に中学生の知り合いはいなかった。どこから聖の話が、湧いて出てきたのだろうか。

「僕は違うと言った！　あいつはしつこく、毎日からかってきて」

「拓、もしかしたら、最近ふくれ面が続いていたのは、そのせいだったのか？」

「……うん」

分かってみれば、酷く心配するような話ではなかった。要するに拓は、兄貴を信頼しているようすであったから。

だけど、何でまたた、コネ、などという言葉が出てくるのだろうか。

「兄貴は絶対に、こすい辛いことをして、就職したりはしないって、僕は言ったんだ！」

拓は確信を持っていたと言い、だから兄に対し、「コネ」を使ったか、などと聞いたりはしなかったと言い切った。

「そんなこと聞くの、嫌じゃん」

口にすると腹が立つのだと、拓はベッドの上で、またふくれ面に戻っている。拓の不機嫌に己が絡んでいるとは、思ってもみなかったので、つい眉尻を下げてしまう。

「それにしても、俺が就職活動中だって事を、どうしてあの男の子は知ってたんだ？」

拓が話したのかと尋ねると、首を振っている。大して親しくもなかったあの男の子から、聖という名の兄貴が、D社に勤めようとしているのか、ある日突然聞かれたというのだ。

「もしかしてD社の方から、話が巡った？」

そう考えて、ぴんときたことがあった。自分は先に前田からも、「コネ採用」だと言われた事があったではないか。

「D社の中で、俺とコネをくっつけた噂が、巡っているのか？」

もしかしたらD社務めの親を持つ子が、拓と同じ学校にいたのかもと思いつく。赤羽から直通、三十分ばかりでD社につく。一応都内だし、赤羽は家を構えるのに丁度いい地域なのだ。

D社勤めの誰かが家で聖の話をし、子供が聞いていたのではないか。そして佐倉という名は、ありそうであまりない。この年になるまで、同じ姓のクラスメイトなど、いた例がない。その話を耳にしたあの男の子は、佐倉拓に、試しに就活中の兄貴がいるか聞いてみたのだろう。それはどんぴしゃりと、当たってしまったのだ。

「しかし分からない事もある。何で、コネ、なんて話が出るんだ？」

聖には何としても、そこが不思議であった。拓の付き添いが長くなった時に備え、病院へ持ってきたD社の課題を見つめても、やっぱり分からない。

「使いたくたって、そんなもの無いやい」

課題をベッドに放り投げると、暇なのか拓が中を見たがったので、聖はベッドの上に広げ、売り出し案を見せてみた。問題のD社の課題だと教えると、面白げな顔をして読んでいる。

「拓、アイスキャンデーの広告案なんだけど、こういう袋で、コンビニで売ってたら、食べてみたいと思うか？」

ところがメーカー名を確認した拓は、あっさり首を振った。

「そのメーカーのキャンデー、女の子用だよ。僕は興味ない」

「あれ、男でもアイスくらい食べるだろうが」

「そこの会社、超ローカロリーの菓子で売り出してるとこだ。クラスの女の子達、わざわざネットで調べて買ってるみたいだよ」

「へーえ、女の子が購買層か。しかもネットで売り出すアイスね」

面白い製品と、その売り方であった。思いついてスマホで、氷菓『ゴリゴリ棒』の画面を見てみると、確かにローカロリーであるとしっかり書かれている。つまりこの『ゴリゴリ棒』は、女の子向きのローカロリー菓子を、男性が手を出し易(やす)いパッケージの絵柄と味に、変えた代物なのだ。メタボ予防効果のある菓子として、売り出すものかもしれない。

「それは、想定外だったな」

ちょいと外した案を作ってしまったかと、聖が脇の小さいテーブルの上で、提出物に訂正を加えてゆく。動けない拓が、興味津々の顔で手元を見てくる。そしてスマホを手にしたと思ったら、拓は『ゴリゴリ棒』の企業サイトから、女の子用のアイスキャンディーの写真を見つけ出した。

「おや、女性向けは『キラキラスティック』って言うんだ」

ネーミングといいパッケージといい、こちらのアイスは、なるほど女の子が喜びそうな品だ。思いきり個性的で楽しく、まるで遊びながら作っているかのようであった。

「その辺を攻めれば、オリジナルの案が出せるかな」

聖は見せて貰ったサイト画面から、きちんとした説明を拾い出しにかかった。社の成り立ちまで読み始め……その内腕組みをして、上部の会社概要という文字をクリックする。直ぐそれに見入った聖は、画面に向け首を傾げた。

少しづつ、何かが聖の頭の中で繋がっていった。

6

聖は翌日から、一層忙しくなった。二カ所へ顔を出し、三人に電話を掛けた後、加納へも電話を入れる。この後、更に三人に連絡する予定であったので、時間のない聖は挨拶を済ませた後、さっさと話の要点を口にした。

「加納さん、まだ秘書の募集をしてる？」

聖の一言を聞いた途端、電話の向こうの加納の声が、明るくなった。

「おや、聖の眼鏡にかなった人がいたのか。有り難い。早々に面接をするよ」

「そう言うと思った。だけど面接は要らないから、直ぐに採用してよ」

「おいおい」

さすがに加納が呆(あき)れた声を出すと、聖は、加納は面接する必要はないのだと口にした。事務所の面々だとて、新規採用の秘書を良く知っているので、手間を掛ける必要はないと言ったのだ。

「……聖、一体誰をうちに連れてくるのかな」

加納の声が疑り深いものになっている。聖は笑い声を立てると、山根だと教えた。

「山根！　うちの元第一秘書。戻ってくるのか」

教員になる予定はどうしたと問われ、臨時採用の教員だったみたいだねと、あっさり言った。山根は気持ちを落ち着かせ、先々の事を考えてみたのだ。

「それと実は、もう一人採用して欲しい人がいるんだ。北本さんなんだけど」

「元第三秘書じゃないか。サラリーマンになったはずだと思っていたが」

「どうも、予定が狂ったみたいだね」

ＯＫが出れば、今週のうちにも事務所へ戻ると言うと、加納が声に笑いを含めてきた。

「第二秘書はどうしたのかな。そっちも一緒に戻ってくるのかい？」

「砂村さんは今のところ、一生懸命蕎麦屋をやってるみたいだ」

でも残り一人なら、加納がどこかで見つける事もできるだろうと言うと、電話の向こうから丁寧な礼の言葉が返ってきた。二人の秘書と話す時、極力怒らないようにと頼んだ後、聖はもう一つ加納に頼み事をした。

「実は、色々説明をしなきゃいけない事がある。それに、その話を聞いてもらわなきゃいけない人も多いんだ」

例えば、二人の秘書がどうして元の職業に戻ったか、という話だ。しかし加納に、大堂に、そして秘書達や他の人にも、一々個別に説明をするのも疲れる。今の聖は、いつもに増して時間がなかった。拓が足の怪我で、入院しているからだ。

「拓が？　大丈夫か」

「うん、まあね。とにかく説明は一度に済ませたいんだ。それでオヤジに頼んで、『アキラ』を使わせてもらうことになったんだ」

あそこなら、余所に話が漏れる心配はない。ついでにそこへ、呼びたい人がいるのだが、面識が無い。それで、加納に間に入って欲しいと聖は頼んだ。

「なんだい、知らない相手を呼ぶのか？　オヤジさんじゃ呼び出せない人なのか？」

聖が加納の方へ頼み事をするなど珍しい。誰なのかと聞いてくるから、小城の名を挙げると、加納は電話の向こうでひゅいと僅かに息を呑んだ。

「あのさぁ、聖。分かっているかとは思うが、小城さんは私に付きまとった、あのストーカーじゃないんだぞ」

「勿論そうだよね。だってわざわざ加納さんが、以前調べたんだし」

とにかく小城は加納の選挙区の出身だから、地元から当選した衆議院議員、加納の名くらい知っているに違いない。それで加納に、頼んだのだ。

「サイトで確認した。実は小城さんの通販会社、一つは東京にあるんだ。仕事でこっちに来る事はないのかな。その時に、『アキラ』へ来てくれるよう、話をつけてくれたら嬉しいんだけどな」

小城の行動を把握している秘書の志賀にも、同道して貰うと有り難い。聖はその予定に合わせ、他の皆にも声を掛けてみると加納に伝えた。

「分かった、小城さんに聞いてみよう」

しかし、と加納は言葉を継いだ。何時になく、少しばかり戸惑っているかのようであった。

「私の選挙区の人に声を掛けるなんて、聖、どういう事だ？　ひょっとして小城さんの会社に、就職でもしたいのか？」

「就職？　いや、そういうことじゃないんだ」

確かに小城の会社には、興味がある。しかしそれは、拓の入院が関わっているからだ。

「入院が？」

「まだ中学生の拓が、巻き込まれた事があるんだ。そのせいで骨にひびが入った。気に入らないよ」

「……その件に、小城さんが関わっているのか？」

加納がいささか呆然とした声を出してきたので、聖は、集まった時に事をはっきりさせると告げる。最近は嘘偽りなく忙しいので、今はゆっくり話していられないのだ。ただ。

「拓に迷惑を掛けた張本人へは、がっつりと責任を取らせてやらなきゃ」

それを聞いた加納が、最近では珍しく笑い声を上げる。

「ああ、誰が責任を取らされるのか、怖いねえ」

言葉の割には、何とも楽しげであった。


三日後、事務所『アキラ』の中には、多くの人が集まった。

まずは、わざわざ来て貰った小城と秘書の志賀がいる。隣に加納が座り、その後ろの列には、復帰した二人の秘書、山根と北本も顔を出している。

一番ゆったりとしたソファに腰掛けているのは大堂で、隣には聖をコネ入社呼ばわりした、D社の前田が来ていた。前田は側にいる美女の真木に、ちらちらと視線を送っている。そして皆の前に聖がいた。

「オヤジ、今日は『アキラ』を貸してくれて、ありがとうございます。ああ、皆がこっちを向いていると、何だか緊張するね」

ここで口を開いたのは、小城であった。

「今日は加納議員から呼ばれた故に来ましたがね。どうして佐倉さんが、私に会いたいのか、良く分かっておりませんのですよ」

小城はもう六十で、つまり大堂と似た年な訳だが、二人とも精力が有り余っているように見える。秘書の志賀は一つ年上だというが、この男の方が二人より、ぐっと年上に見えた。聖はにっと笑うと、今日何を話すのか、皆に説明を始める。

「最近俺の周りでは、幾つか問題が起きました。一つには、加納議員がストーカーに遭遇し、次々と秘書達が辞めた事です」

次に、聖がアルバイト先でコネ入社呼ばわりされ、その件が元で弟の拓が、入院してしまった件だ。

「ご家族が入院とは大変ですね。それに、議員さんがストーカーに絡まれたんですか」

「小城さん、落ち着いておられますが、犯人は男で、年を取った男性でした。実はあなたではないのかと、疑われていたんですよ」

そう言われ、小城は目を瞬いている。

「何しろ加納さんの選挙区では、小城さんが次回の衆議院議員選挙に立候補するのではないかとの噂が専らだったので」

秘書達が事務所からいなくなれば、加納が選挙戦をうまく戦えず、対立候補に有利との話が出ていた。

「なんと」

政治の政界は恐ろしい噂を流すものだと、小城は苦笑を浮かべている。ところが聖は、現実はもっと、強烈であったと言い始めた。

「ストーカーは噂の上だけでなく、本当にいました。そしてそのストーカーは、迷惑をかけて秘書を追っ払うなどという、手ぬるいやり方では、満足しなかったんですよ」

その親爺は、もっときちんと結果が出る方法を望んだ。だから秘書達の事を調べると、近づき、その希望を叶えることによって、加納の事務所から自発的に出て行かせたのだ。

この言葉を聞き、加納が呆然とする。

「例えば教員にしてやると言ったのか？　蕎麦屋の開店資金を融通するとか、就職先を斡旋するとか？」

「そう言って、三人の秘書に近寄った人がいたんだ。でも秘書方は、直ぐには辞める決心がつかなかった」

だから決心がつくまで、その人に会っていることを加納に知られたくなかったのだ。

「それで、ストーカーに付きまとわれていることにした。事務所にしょっちゅう連絡してくる者が誰か、分からないと言い訳した、か」

大堂が、隅にいる山根達へ目をやる。秘書二人は揃って、身を縮めていた。

「それで？　山根さん達なら分かってる筈だな。誰なのかな、加納の秘書を一遍に三人も引き抜いたのは」

大堂の問いに答えたのは、加納であった。こうなったら誰に聞くまでもない。いきなり公務員の職を世話出来る者、店の開店資金を出せる者といったら、限られている。いや、一人しかいないではないか。

「とぼけておいでだけど、小城さんなんでしょう」

秘書達から否定の言葉は出なかった。

7

「いや、何と言われようが、私じゃないんですがねえ」

ここに至っても、小城は悠々とした態度で、落ち着いて返答をしている。勿論秘書に新しい職を世話しても、罪になる訳ではない。加納の表情が、思いきり険しいものになるだけであった。

すると聖が、また話を始める。ストーカー騒ぎから始まった件には、先があるのだ。

「事務所に人がいなくなった時、加納さんは俺を借りに、この『アキラ』へ来ました。困り事があると大堂先生を頼るのは、『風神雷神会』出身の政治家達の、悪い癖です。その事を、知っている人は結構いますね」

聖は以前にも加納に、貸し出された事がある。よって人手が足りなくなった時、また声が掛かるだろうと、秘書の山根達なら予測しただろう。その話はストーカー男へも、伝わったのだ。

「だからね、秘書さん達に声を掛けた後、俺にも別の話が来た」

「別の話？」

「ストーカーは、大学生が就職先としてあこがれるD社に、こっそり俺を採用を頼んだのかもしれない」

「聖の知らない所で、コネが用意されていたという事か」

大堂が口の両端を上げた。前田は話についていけない様子で、ただ目を見開いている。聖にはD社へのコネなどなかった。だが、知らぬ間にコネは使われたのだ。

「そしてさ、D社が担当する『ゴリゴリ棒』を、ネットで売り出している小城さんの会社なら、それくらい頼めたと思う」

皆の目が、また小城へ集まる。そこに聖が一言を付け足した。

「だけど、違った」

一瞬、『アキラ』の中が静かになった。

「なんだ、小城さんはストーカーではないのか？　では、誰が聖のコネを作ったのかな」

今や大堂は、すっかり興味津々の顔付きとなっている。小城と加納と秘書達と……

とにかく皆の目が、聖に集まった。

「だって小城さんの会社の製品、そりゃあ面白いんですよ」

『ゴリゴリ棒』も『キラキラスティック』も、とても楽しんで作られていて、小城が今の仕事に乗っているのが分かる。海外へも商談に出かけているらしいし、とてもではないが、この上議員としての仕事まで望んでいるようには思えなかった。

「いや、忙しくても議員バッチが欲しい人も、いるかもね。でも小城さんが本気なら、今回のような手を使わなくても、議員になれると思うんだ」

小城の持つ会社は、何カ所かに分かれてある。その所在地の一つでもいい、妻の実家がある地でもいい。『王子様』加納のような、強力なライバルのいない場所で立候補すれば、結構簡単に当選しそうなのだ。それだけの実績と魅力がある人物であった。

「おやおや、聖がそこまで褒めるなら、党の方へ推薦しておこうかな」

大堂が笑うように言うと、小城が大きく首を振った。

「いや私は、今の仕事で手一杯でして」

小城はあっさり首を振る。しかし、ここで後ろから声がかかった。秘書、山根であった。

「でも……私に声を掛けてくれたのは、小城さんでしたよ」

聖にもはっきりと、そう告げたはずだと山根は言う。だが聖は首を振った。

「もし小城さん本人が転職させたんなら、山根さんは教員に、正規採用されてたと思う」

だがその人物では、正規採用は無理だったようだ。しかし臨時採用ではあっても、山根は一旦転職をした。

「それくらいはできる人だ。それ以上は無理だった人だ。誰だと思う？」

聖の目が、ゆっくりと小城の隣にいる男へと向かった。

「何故、皆を引っかき回したんですか、志賀さん」

己の有能な秘書に、聖の問いが向けられ、小城の目が大きく見開かれた。

「志賀が、こちらの方々に迷惑を掛けた？　信じられん」

志賀は小城と一つしか変わらぬ、分別のある年齢であった。

「確かに……長年私の代理を多く務める志賀ならば、多少の口利きはできるだろうが」

志賀は小城の片腕なのだ。小城がそう望んでいると言えば、志賀には仕事の斡旋やコネを使うことが出来る。聖が秘書達に目を向けた。

「山根さん達と直に話したのは、小城さんではなく、志賀さんでしょう？」

言われて山根が頷いた。ストーカーだと誤魔化したのは、志賀であったのだ。

「しかし、志賀がどうしてそんなことをするんだ？　何の得がある？」

小城は納得できかねるらしく、言葉を重ねる。志賀は今まで大過なく過ごしてきていた。何年もしないうちに退職し、悠々自適の生活が待っている筈なのだ。

長年真面目に働いてきたのだから、勿論結構退職金が出るのだ。年金だとて数年の後から、厚生年金、企業年金も合わせ、しっかり入るようになる。

「こんな馬鹿をする理由がない。志賀は六十近いのだぞ」

だが。

小城が言葉を重ねるうちに、『アキラ』にいる者達の様子が、変わっていった。聖が何を言った訳ではないのに、目が見交わされ、ちらちらと視線が志賀の方へ向けられる。その内大堂など、苦いものを食べたような表情を浮かべだした。

小城以外、言葉も無いまま、しかし何か同じ考えへと行き着いてゆくようであった。

「やれ、参ったな」

加納が何かを確信し、つぶやくように言う。だが一人、まだ納得のできない様子の小城へ、聖が言った。

「志賀さんは、小城さんにはなれないから。だから今回の騒ぎを、起こしたんだと思います」

長年片腕と言われてきても、やはり志賀の立場は、小城とは違う。己で事業を興している小城は、この先も自分でもういいと思う日まで、思いきり面白がりつつ、あれこれ仕事をこなしてゆくだろう。

だが志賀は違う。何年か後には退職する。そして仕事は、誰かが受け継いでゆくのだ。今は片腕と言われていようが、志賀はただの年金暮らしの老人となる。もう斡旋もコネも使えない。その力は小城の側を離れた途端、消えてしまうのだ。

「だから、使えるうちに使ったというのか?」

小城が呆然としている。

「いや、志賀さんはもっと、色々考えていたんだと思います」

例えば、小城の名と対で思い出して貰えるうちに、新たな立場になることができれば素晴らしい。衆議院議員になれたら、小城から頭を下げられる日だとて、来るかもしれない。

「ぎ、議員?」

しかし拙(まず)い事に、地元にはまだ若い『王子様』加納議員がいた。志賀は、他の地に繋(つな)がりなど無い。衆議院議員になるには、今住んでいる選挙区から出るしかないのだ。

「それで小城さんの名を使い、加納議員事務所の切り崩しにかかったと言う訳か」

ついに小城の顔がしかめられる。長年の上司に真っ直ぐ見つめられると、寸の間の沈黙の後……志賀が口を歪(ゆが)めた。

「違法な事はしてませんよ」

その目が一人、随分と暗かった。

「私は急に何者でもなくなるのが、嫌だっただけです。会社から離れた途端、掌を返したように、あこちから知らない人のように扱われたくなかっただけです」

秘書達だとて、明日職が無くなるかもしれない政治家秘書という立場が嫌だったから、あっさり転職という話に乗ったのだと、志賀は言う。己の存在を、ストーカーなどと言って誤魔化した事には、志賀は関わっていない。

不安だ、まだまだ別の道があるんじゃないか、自分を活かせる場はどこなのか、認めて欲しい、才能を褒められたい。思いばかりが溢れて、なのに老いていくばかりのようで……身が震えた。

志賀ははっきりと言った。

「私は勝負したんだ。謝りませんからね」

するとここで聖が、手の甲を相手にむけ中指を立て、志賀を睨んだ。

「志賀さん、あんた議員向きじゃないよ」

小城の、大堂の、加納や真木の視線が聖に集まる。志賀の顔が強ばっていた。

「たとえ週刊誌なんかで、そんなことばかり騒がれてても、議員は接待されてるだけじゃ駄目なんだよ。お綺麗な言葉と思うかもしれないけど、有権者の方へ顔を向けなきゃ」

それが議員の商売なのだから。だからこそ税金から給料を出してもらえる。先生と呼ばれるのだ。しかし志賀は己の事のみを見て、嘆いて、その力を自分に向けてばかりだ。

「あんた、絶対に向いてないって！」

そんな男が無茶をした、知らぬ間に聖へコネを使ったから、その噂が巡って喧嘩を引き起こし、弟の拓が入院する羽目になったのだ。

「だからもしこのままあんたが同じ選挙区で立候補したら、俺は加納さんに加勢する。絶対に当選させてみせるから！」

聖の一言を聞き、黙ったままの志賀を見つつ、加納が大きく笑った。とにかく、ストーカーと秘書の退職と拓の不機嫌は繋がり、答えは出たのだ。

すると、何時までも皆の中に居るのが嫌になったのか、志賀が黙ったまま席を立ち出て行った。この先志賀がどうするのか、聖には分からない。しかしもう小城は、その名を使わせたりはしないだろう。

ここで、ずっと黙っていたD社の前田が、聖に軽く頭を下げてきた。

「あの……佐倉君には、先だって悪い事を言ったようだ」

少なくとも聖が自分からコネを利用したのではないと、前田は十分分かったようであった。しかし知らぬ間に使われたコネ故に、聖がアルバイトに残れたというのは間違い無いのだろう。居心地の悪い思いが湧き出てくる。

「前田さん、俺、多分他の仕事を探す事になると思う」

「……そうか」

それでなくとも拓が入院したところなので、今アルバイトには行きづらい。

「あーあ、就職活動って難しいや」

思わずこぼした言葉に、部屋内から軽い笑い声が上がった。

拓の足のギプスに落書きをしたところ、聖は優しい弟から、本で頭をひっぱたかれた。

臨時に半日も付き合って教えたのに、真木は包丁の使い方を上達させなかった。

聖が当分『アキラ』にいる事となったので、大堂はお八つの心配をしなくて済むようになった。

「やれやれ、色々あったな」

『アキラ』と加納の選挙区に平穏が戻ったある日、大堂は上機嫌でソファに寝転がり、聖は『アキラ』でパソコンと向き合っていた。

「おや聖、今日は何をしているんだ？」

「オヤジ、俺は先だって、就職活動が大変な事を学んだんだ。でもそれより、遥かに難しい事がこの世にはあったよ。真木に家事を教える事は、俺ごときには無理だった」

だが真木が『アキラ』へ来るたび、羊羹が危機に陥るようでは、また大堂の不満が溜まる。よってその問題を解決すべく、事務所『アキラ』のブログを作ったと、聖は報告した。大堂は以前、物事はまずは何とかできそうな所からやってみろと言っていた。その言葉にヒントを貰ったのだという。

「ほうほう、ブログでこの事務所の情報を発信すると、真木が羊羹を崩さずに済むのかな？」

大堂が寝たままにやにやと笑い、面白がっている。聖も上機嫌に笑った。

聖は昨日、弟のギプスに要らぬ事を書き、ベッドの脇にあった本でひっぱたかれた。その時、ある真理に到達したのだという。

「ギプスがそこにあるから、落書きしたくなる。羊羹は切るから、崩れるんだ」

切る必要がない菓子なら、真木だとて、ちゃんとお八つに出せる。要するに、真木が包丁を使わなくてもいい工夫が必要だったのだ。

「だから事務所『アキラ』のブログを作って、お菓子について、ある書き込みをしたんだ」

「はて、どんな？」

大堂が首を傾げる横で、聖は大堂に、さっとパソコン画面を見せた。

「何だ？『アキラ』では今、一口サイズの菓子がマイブーム？」

日記には、羊羹やケーキなどのことが書き込んであった。切らなくてもいい、小さいものをわざわざ買いに行ってますと、わざとらしい文句が並んでいる。

「おいおい、こんなことを書いたからって、本当に一口羊羹を『アキラ』に持ってくる者が、いるのか？」

大堂がからかうように言うと、聖がしれっと答えた。

「俺はいると思うな。どちらかと言うと、出馬要請と一緒に、沢山菓子が集まるんじゃないかな。断るのに、オヤジが苦労するだろうなーと思うくらいだ」

「しゅ、出馬要請……？」

聖の言葉を聞いた途端、大堂はがばりと身を起こす。そして、大あわてでもう一度、ブログを覗き込んだのだ。

「俺はもう、政治家には戻らないのだ。最近やっと皆が了解したと思うのに、聖、寝た子を起こすきっかけなど作るなよ」

「だってオヤジは、羊羹のことを何とかしなきゃ、機嫌が悪いじゃないか」

聖は苦労が尽きないと言って、二度、三度と首を振る。真木のぶきっちょは筋金入りで、聖には歯が立たなかったのだ。こうなったら真木を何とかするよりも、菓子に変わって貰った方が話が早い。

「まあそのせいで、オヤジはちょっとばかり煩わしい事に、なるかもしれない。ひょっとしたらさ、断り切れず選挙に再出馬、なんて事になったりしてね」

でも議員のバッジは、あの志賀が人に迷惑を掛けるのも構わず、欲しがったものなのだ。六十そこそこなら、まだ働ける。なのに仕事を去る時が近づき、馬鹿な事までした男がいたのだ。人から忘れられるのが、身を切るように辛いと思ったのだ。

「オヤジなら、直ぐに元の議員様に戻れるんだ。そんなにバッジを嫌わなくてもいいんじゃない?」

「くうっ……」

大堂は顔を歪め、唸った。睨んだ。そして黙った。

そして、そして!

「分かった。もう羊羹ごときの事で、二度と文句は言わん」

大堂は聖に確約をする。聖がにやっと笑って、ブログから書いたばかりの日記を消した。しかしブログというのは、いくらでも書けるものだから、少々始末が悪い。

「私を動かそうとするなんて! ああ、聖の育て方を間違えたか」

「だからオヤジ、俺がいつ、オヤジに育てられたんだよ!」

『アキラ』の中で、笑いを交えた言い合う声がする。

人に嵌（は）められた。就職に失敗した。弟は喧嘩した。

だが加納を助けることはできた。大堂は口を尖（とが）らせているが、それでも機嫌は悪くないように見えるから、聖は、明るく笑った。

まあ今日も、結構良い日であった。

エントリーの三

聖、シューカツ中

1

佐倉聖二十一歳に、今まで考えもしなかった、恐ろしい日がやってきた。聖は、勤めている事務所『アキラ』で、加納に頼み事をしたのだ。

地元の有権者から、王子様の渾名を進呈されている加納は、顔と姿は良く、性格の方は特大の疑問符がつく国会議員様であった。元大物代議士にして、『アキラ』の持ち主である大堂の弟子でもある。衆議院議員として東京にいる時、加納はしょっちゅう『アキラ』に顔を出し、聖をからかってゆく。聖にとって加納という人間は、気合いの入った天敵であった。

なのに今、聖はその加納に深く頭を下げているのだ。側で大堂が、事務所というより、豪華な遊び場のような部屋のソファに寝転んだまま、興味津々という顔つきでその様子を見物していた。

聖の頭を見下ろしつつ、加納の整った顔が、にたりと人の悪そうな笑みを作った。

「これはこれはこれは。聖から悩みを打ち明けられるとは、珍しい事もあるもんだねえ。ワタクシが話を聞いてよろしいんでしょうか」

国会議員様の言葉は、丁寧で嫌みだ。

「何と、私に就職の事で相談とは」

まあ聖も大学三年なのだから、先々の事が気に掛かる年ではあるなと、加納は大げさに頷(うなず)き腕を組む。

「聖は大堂先生の事務所、『アキラ』に長年勤めてる。政治家の仕事には慣れているからな。分かった、では、うちの東京事務所に就職して貰(もら)おうか」

「加納さん、そんな事、頼んじゃいないだろっ。どういう耳をしてるんだ！」

こちらが心底困っている事を知って、半畳を入れているのだろうと言うと、加納は整った顔で大いに楽しそうに笑った。思わずもういいと言いそうになり、聖は五秒ほどかけ、その言葉を無理矢理飲み込む。加納は、思い切りむかつく相手ではあるが、確かに実力のある男なのだ。

加納であれば、答えの出ない聖の疑問に、回答を見つけられるかもしれない。いやもう他に、頼る先がない。その様子を見た加納は、本気で困っているんだなと、明るく言った。

「それで？　どうしてオヤジさんの手を借りないんだ？」

問われて聖は、ちらりとソファに寝転ぶ大堂へ目をやる。返答をしたのは、当の元大物政治家であった。

「俺が、今回のことで頼っては駄目だと言ったんだ。聖は『アキラ』での仕事を休んで、就職活動中なんだぞ」

大堂が、大学卒業後はこのまま『アキラ』へ勤めればいいと言っているのに、聖は余所（よそ）での就職を目指しているのだ。つまり大先生はそのことが気にくわない。よって手も貸してくれないらしい。

「おやまぁ、オヤジさんも大人げないですね。すねてるのかな」

「ふんっ」という返事を聞き、加納が苦笑を浮かべ、聖の顔をのぞき込む。

「で？　具体的に何を頼みたいんだ？」

「実はその……先日俺が行った、インターンシップ先での事なんだけど」

最近の学生は就職活動として、より賢く将来の職業を選択する為（ため）、インターンシップに行き就業体験をする事が多い。企業の方も正式採用の前に、会社に合った学生を見極めたいからか、積極的にそのやり方を取り入れていた。軽いものでは職場見学くらいの所もあるし、実際に長期、業務体験をする会社もある。

「俺、二ヶ月前から商社のAへ行ってたんだ。半年働く予定だった」

D社の就職活動はうまくいかなかったから、聖は今度こそと張り切っていた。A社は業界トップの企業ではないが、仕事は面白そうだったし、きちんとした休みと退職金があった。つまりあこがれの、手堅いサラリーマンになれる職場なのだ。

よって大堂から、職種に一貫性がないと言われても、聖は期待を持って、A社のインターンシップに突撃したのだ。

　ところが。

「加納さん、俺、二ヶ月で首になった」

「おんやま」

「理由は、社風に合わないって事だった」

　それでは訳が分からないが、聖が食い下がっても、首を言い渡してきた社員から、
　それ以上の説明はなかった。

「大きなしくじりをしたとか、取引相手と喧嘩したとかなら、納得はできなくても理由としては分かる。でもね」

　聖は途中で切られた原因に、心当たりがなかったのだ。始まってまだ二ヶ月、聖としては大人しく働いていたつもりだったし、会社に合わないと判断されるにしても、早すぎる。しかし呆然としている内に、聖は社から放り出されていた。

「もうA社は諦めた。それはいいんだけど」

　真剣な顔で、聖は一番の問題点を口にした。首になった原因が分からないので、聖は次の就職先を探すのが……怖くなったのだ。

　インターンシップは結構長期にわたる。A社のように半年に及ぶ所へ行くと、その間は他の就職活動がろくに出来ないのだ。失敗を繰り返すと、就職の内定を取れない

まま、一年くらいあっという間に過ぎてしまいそうであった。

「俺の何が、いけなかったんだ？」

どこで失敗した？　足りなかった事は何だ？　考えれば考える程、分からない。次、また同じ失敗をしそうで気になる。どこにも就職できない気すら、してきた。

「でも俺はもう、Ａ社へ理由を調べに行けないんだよ」

聖はお手上げ状態なのだ。ここで加納が、湯飲み片手に眉を上げる。

「知りたいのは、インターンシップを突然首になった訳か。でも聖、議員の私に、どうやってその理由が分かるというのかな？」

「Ａ社の本社は、加納さんの地元と近いんだ。先だって、加納さんの選挙区で知り合った小城さん、あの人の持ってる会社の一つが、確か同じ地区にある」

名の知れた実業家小城ならば、地域の経済団体などを通じ、Ａ社と縁があっても不思議ではない。そして小城は今、加納の後援会に入っている筈であった。そちらの縁から、何とか事の次第を知ることができないか。聖がそう言ってまた頭を下げると、加納が何とも言えぬ表情と共に口元を歪める。

するとここで大堂が、寝そべっているソファの上から、聖に釘を刺してきた。

「聖、こう言っちゃなんだが、たかがインターンシップ中の、一学生の事だ。Ａ社の本社から東京支社へ話をたどっても、答えが分かるとはかぎらないぞ」

もっともな心配であったが、だからこのまま『アキラ』で就職すればいいと言われたものだから、聖は頑固な表情を作る。

「俺、普通のサラリーマンになるんです！」

聖は結構長く、元大物政治家大堂の事務所で働いてきた。つまりここが、時間外勤務とサービス残業と陳情とヤクザ……まがいの御仁達と関わりのある職場だということを、ようく分かっているのだ。

おまけに『アキラ』は、『風神雷神会』という、大堂が主宰する政治勉強会の根城にもなっている。だから政治家という、ヤクザさん達よりもっと難渋な面々に、聖はこき使われてもきたのだ。

よって就職活動を始めた時、当然の結果として、退職金と五時半退社という魅力的な制度がある一般の会社を、聖は目指す事にした。そう、あこがれの平々凡々なサラリーマンになるため、ただいま全力疾走中なのだ。

（しかしなぁ、加納さんはオヤジの弟子だし。面倒くさいって口実で断られるかな）

調べるのに手間取りそうな件であった。その上成果は期待薄で、加納の利にもならない。だから『さっさと気持ちを切り替えた方が早い』と言われる気がして、返答もない内に、聖は視線を床に落とした。

すると。

「分かった、引き受けてやろう」

「えっ？」

余程驚いた顔をしたらしい。加納が聖を見て笑い出す。

「でもいいか、覚えておけよ。こいつは特大サイズの貸しだからな」

「ほう加納、聖を助けてやるのか」

大堂が、露骨に驚いた顔をしている。すると加納は師匠に自分のことを、大層親友思いの慈悲深い男なのだと、明るく言った。

（俺、加納さんと親友だったたっけ？）

聖の背筋に何故だか寒気が走ったその時、加納王子様が聖に、ゆったりとした笑みを向けてくる。そしてそれから、思わぬ事を言い出したのだ。

「A社でのことはこれから直ぐに、調べてやるよ。だが聖、そうなると私がやるはずだった仕事に、遅れが出る。お前さん、代わりにやっちゃくれないか」

聖は目を瞠った。急に頼む側から、頼まれる側になったわけだ。

「加納さんの仕事の代理？」

まあ、忙しい議員の時間を割いてもらうのだから、働いて返して欲しいというのは分かる。それに、当分A社でインターンシップをしている予定だった故、『アキラ』でのアルバイトは臨時の休みになっていた。しかし。

「国会議員である加納さんの代役が、俺につとまるの?」

「ああ、今回のは大丈夫。ちょいと多くて悪いが、聖に四つの選挙事務所へ、顔を出して欲しいんだ」

なに四つとも東京にあるから、家から通えると加納は言う。聖は首を傾げた。

「この時期に、選挙事務所の応援を四つ?」

丁度大きな国政選挙が終わったところであった。今は比較的暇なので、聖はインターンシップの予定を入れていたのだ。すると加納は、少しばかり言いにくそうに声を落とし、事の説明をする。

「その四カ所の候補達はな、実は先日の参議院議員選挙で、全員落選したんだ」

今回大堂が関係する党の者達は、いつになく多くの落選者を出した。政権さえ、かつての野党に取られてしまう程だったのだ。

「議員様も落選すれば、失業者という訳だ。当たり前のことだが、参るよな」

加納は今後の事も考え、各陣営へ顔を出すつもりだったと告げる。

「だがまあ私より聖が行った方が、実際に手を貸せていいだろう。落選後、事務所の場所を移す者も多いしな」

「つまり俺は、後片付けに行くんだね」

納得はしたが、加納が見舞う元議員が、四人もいるとは多い。ニュースで聞いた落選の数を、こういう時肌感覚で実感する。

党に所属していて、落ちた後もいくらか収入がある者もいる。だがそれでも議員でなければ、収入は大幅減だ。次の選挙までは、三年ほど間があく。

勿論、次回の選挙で、公認が取れる約束はない。当選できる保証は、もっとなかった。よって落ちた者達は皆、己の生き方に腹をくくることになる。聖は少々心配になって問うた。

「あのさ、こういう時期に落選した人の所へ激励にゆくなら、やっぱり加納さんの方がいいんじゃないの？」

人気のある国会議員の訪問があれば、より励まされるのではないか。言われた加納があっさり首を横に振った。

「じゃあ、聖の頼み事は後回しでいいんだな？　私が手間取ってる間に四年生になったらどうする？　お前さん焦りそうだが」

「……済みません、四つの事務所へは、俺が行きます。A社のこと、急ぎお願いします」

今日は何を言っても、加納の勝ちであった。

「じゃ、私から先方に連絡を入れておく」

話がそう決まった時、ソファに寝そべっている大堂が、しゃっくりのような声を出した。目を向けると、大堂は何故だか笑いをかみ殺しているではないか。さっと顔の向きを変えたから、はっきりとはしなかったが。

（……うん？）

何だろう。今自分達は何か、変な事を言っただろうか？

（どうしてオヤジは急に笑ったのかな）

眉根を寄せた時、加納が聖に、四人について書かれた紙と事務所の地図を渡してきた。驚くほど用意がいいが、加納が自分の為に、持ってきていたものかもしれない。

他に確認すべき事がないか、急いで紙に目を落とす。

「この人達皆、失業中かぁ。そうなんだよな」

今の情けない立場の己と落選者達を、ちょっとばかり重ねてしまう。このままだと、聖もその内本当に仲間になりかねなかった。職を勝ち取るのに失敗した、情けない仲間。いつになく、同情心が溢れてくる。

（ひょっとして俺、仕事が決められずにいるんで、かなりへこんでる？）

就職先を得られずフリーターになったら、この先、聖が保護者となっている弟を養っていけるだろうか。将来が明るいとは思えず、聖はまた溜息をついた。

2

翌日訪ねた一人目の候補は、小山昇という御仁で、渡された紙によると七十四歳になるはずであった。

事務所は聖の家からそう遠くない場所にある。小山は王子駅近くの賑やかな店が続く一角、洋菓子屋の横に事務所を構えていた。顔を出すと、事務所内には既にポスターや達磨の影はなく、三人の男達が段ボールに物を詰めていた。

（おや、整然としているな）

そう思った時、目の前にいた小柄な男が立ち上がり、聖に挨拶をしてきた。

「もしかして、佐倉さんですか。加納さんの事務所から、連絡貰いました。よく来て下さいました」

小山ではない、若すぎると思った時、男は主の不在を詫び、秘書作田だと名乗った。

「先生からはよく、猿田と呼ばれます」

自分が猿に似ているせいかなと、作田が笑いつつ言うと、部屋内の皆も遠慮無く笑い声を上げる。明るい事務所であった。

（へえ……）

聖は作田に、加納が小山を気に掛け、自分を選挙後の手伝いに寄越したのだと告げる。すると作田は、元議員の現状と今後の予定を、隠す事なく説明してきた。家賃が浮くから、小山の自宅の一角に、事務所を移す事にしたらしい。

「今回は不運にも落選しましたが、うちの後援会はしっかりしてます。次の選挙に向け、頑張ろうと皆で話している所です」

金は不足気味だが、資金集めの励ます会などを、これから企画するという。そのてきぱきとした秘書の言葉を聞き、聖は、大堂の地盤を受け継いだ妻沙夜子の秘書、真木を思い出していた。

(作田さんは三十代半ばかな。しっかりしてる)

これならば小山も心強い事だろう。そのせいか落選議員の事務所だというのに雰囲気は明るく、皆、聖より元気そうであった。

(加納さん、この事務所には俺の手伝いなんて、要らないみたいだ)

一つ息をつくと聖は挨拶を済ませ、早々に帰ろうとした。驚くほど簡単な仕事であった。

(これなら四カ所くらい、直ぐに回れるかもしれない)

そう思いドアの方へ踏み出した途端、かくんと軽く体がつんのめる。驚いて振り返ると、いつの間にか現れた男が、聖の上着の端を摑(つか)んでいた。

「小山先生、お戻りでしたか」

作田の驚いたような声が横から聞こえる。

目の前に現れた小山は、髪は黒く背は高く、大層若く見える。聖は落選候補の経歴を、素早く思い浮かべた。

（元官僚で当選三回。もし今回政権交代がおこらず、小山さんが四回目の当選をしてれば、そろそろ大臣の声が、かかったかもな）

聖は慌てて挨拶をした。すると、小山は期待を込めた声で聞いてきたのだ。

「それで佐倉君、君は大堂先生と親しいそうですな。先生はお元気でしょうか」

（へっ？　オヤジ？）

一瞬声がつまる。自分をここの事務所へ寄越したのは、加納だと説明したのだが、それでも小山は加納より大堂の事を気にした。

「大堂先生は、最近どんなお仕事を」

「先生は、奥様の沙夜子議員を手伝っておられるんですか」

「先生は、何がお好きですか」

「是非政策のことで、大堂先生のご意見を拝聴したく」

そこまで言われれば、嫌でも分かる事があった。

（小山元議員は加納さんよりも、大物のオヤジに励まして欲しかったって事か）

横を見れば、作田が思いきり心配げな表情をして、二人を見ている。さっきまで笑っていた事務所の者達は、今は少々不安げに黙ってしまっていた。

（おやおや）

だが問われても、大堂のプライベートを聖が余所で話す訳にはいかない。大堂は引退しており、もう公人ではないのだ。

小山とて、そんな事は分かっている筈なのに、いや、分かっていなければならないベテラン議員であったはずなのに、引かない。聖が慎重に言葉をはぐらかしていると、思う返答が得られないせいか、直ぐにじれてきた。

鼻の穴を広げつつ〝大堂先生〟と話す回数が増え始める。「先生は」「先生とですね」「大堂先生の」「いや、先生にも」「私と先生は」どんどん重なってゆき、ついには短い間に十八回も繰り返していた。

（凄(すげ)ぇや。オヤジが聞いたら笑いだしそうだ）

作田が、意を決した顔で別の話を挟もうとしてきたが、止める事も出来ない間に、小山は十九回目の「大堂先生」を大声で口にする。弾丸のような勢いであった。

「とにかく大堂先生と、一度お会いしたいのですよ。お弟子さんとは食事をなさると、聞いてます。だから加納さんに頼んだんですよ。私は同じ党員だし、構わないでしょうに」

今回の落選は党への逆風のせいだ。自分はこのまま引退する気はないと、身を乗り出しわざわざ説明してくる。聖はそっと溜息をついた。

（オヤジに縋れば、次こそ当選できるとでも思ってるのかね。小山さん、そいつは幻想か妄想ってもんだよ）

大堂は今、引退の二文字を楽しんでいる。だから最近の選挙では、弟子の応援にも行っていなかった。実は妻である沙夜子議員の所にすら、顔を出してないのだ。

（オヤジは、立派な不精者なんだぞ）

だがここでそれをばらしても、小山が納得して引く事はなさそうだ。地縁、血縁、情とコネの世界に、落選後もどっぷりと浸かっていて、党の重鎮が党員に力を貸すのは、当然だと思っている様子であった。

（帰りたかったら、いささか強引に振り切らなきゃ駄目か）

聖が口元を引き締めたまさにその時、秘書の作田がやっと、強引に話に割って入る事に成功した。

「先生、後援会の松川さんからお電話です」

小山は後でかけ直すと口にしたが、作田がきっぱり首を振る。

「先生、松川さんは落選した後に寄付をして下さった、大変大切な後援会員ですよ」

間違っても、ないがしろにしていい相手ではないと強く言うと、小山が渋々席を立つ。奥の部屋へとその姿が消えたところで、作田は聖にさっと、今日の訪問の礼を述べてきた。

（おっ、こいつは帰宅ＯＫの合図か？）

政治家事務所勤めの勘の良さで腰を上げると、作田が素早く見送ってくる。互いに心得た間があった。

「松川さんは後援会一、電話が長い方なんです。ですから当分先生は、お話し中だと思います」

その言葉を聞いた聖は、今の電話、作田が手配したものであろうと察した。

（頼りになる人だなぁ）

聖が顔を出した事のある政治家事務所にも、たまにこのタイプの人物がいた。世話になり、今も感謝している人達だ。

（この作田さんが事務所にいた上、小山先生には当選経験もあった。なのにどうして先日の選挙は、うまくいかなかったんだろ）

事務所前の通りで別れる前に、思い切って落選原因を作田に尋ねてみた。当たり障りのない答えが返ってくるかとも思ったが、小声での返答は真面目なものであった。

「今回は勿論、党への逆風がありました。ですがうちの先生が競り合いに負けた訳は、それはばかりではなかったと思います」

正面切っての対策を、取りにくい原因があったのだ。

「先生はじき七十五歳になります。六年勤めたら八十になりますから」

対立候補はずっと若かった。そしてやはり、小山の年齢やそのやや古い考え方を、選挙活動中相手に突かれたらしい。

(自分の歳のこと、自ら話題にして笑い飛ばす事が、小山さんはできなかったのか)

小山はせっかく若々しい外見をしているのに、惜しい話だ。だが作田は、次回は何か手を打つという。

「年齢よりも優先されるような政策を、きっと前面に出してみせます」

頷いてから、聖は笑った。

「この事務所には、本当に手伝いなんか要らなかったですね。急用があり、話の途中で失礼をすることになりましたが、よしなにと、小山先生にお伝え下さい」

「来ていただけて嬉しかったです。加納議員によろしくお伝え下さい」

小山が電話を終えぬ内にと、聖は街の中へ歩きだす。だがじきに足を止めた。

(加納さんは小山元議員から、オヤジに会いたいって、つつかれてたんだよな)

小山はあの調子だから、対応するのは大変だったろう。なのに選挙後の様子を気にして、わざわざ聖を事務所へ行かせたのは、どうしてなのか。

(まさか、俺への嫌がらせじゃないよな)

まあ、加納もそろそろ党全体の選挙の事を、考える立場になったという事だろう。議員は当選回数が増えると、党内での発言力が増す。出れば次回も当選間違いなしの加納は、着々と立場を固めているに違いない。

「いや、そりゃ恐ろしー話だなー」

加納には実力がある。それだけに出世の波に乗ったら、周りにいる者達はどうこき使われるか、分かったものではない。

（政治家もその秘書もさ、自分から恐怖に首を突っ込んで、楽しむタイプが向いてるな。ジェットコースター好きがいいかも）

聖は幸いにも事務員だから、彼らが巻き起こす暴風には大して関係ない。ほっとする話であった。

「ああ、せっせと就職活動しなきゃ」

早く就職先の目星をつけたいと思う。聖は『アキラ』で世話になった大堂や沙夜子、加納、そして都議会議員小原や秘書の真木、弟の拓と、〝就職決定&感謝の会〟を開けたらいいと、密(ひそ)かに思っているのだ。

それから、卒業までの日々を心穏やかに過ごし、次に『アキラ』へ来る事務員の為に、ファイルを整理しておきたい。大堂への恩返しとして、甘味好きの大堂が糖尿病になるのを防ぐため、事務所にある甘味を、すっぱり処分していくつもりでもあった。

「オヤジ、事務所に慣れてない者が来るのを、嫌がるだろうな」

聖にはちゃんと親がいるが、一緒に暮らした事があまりない。気がつけば大堂の方が、共にいる時間が長くなっていた。就職したら、その大堂に会う機会も減ってゆくに違いなかった。それは少々……大分寂しいような気がして心がざわつく。

(とうに、分かってる事じゃないか)

なのに、どうして気持ちが騒ぐのだろうか。聖は急ぎ足で、商店街の中を抜けていった。

3

次に尋ねた外岡大介元議員の事務所は、神田にあった。

神田といっても、秋葉原駅から万世橋を渡って行った方が近い場所だったから、聖は猫耳を付けたメイド姿の女の子と、多くの電器店の脇を抜けて行った。卵焼きが美味しい蕎麦屋までは行かない辺りの小さめのビルに、外岡は事務所を構えていた。

(三階にあるのか、少し珍しいかな)

選挙事務所は選挙区で開くから、前の道を通る人も有権者である事が多い。

「皆さん、ポスターの人がこの選挙区の候補です。いい顔しているでしょう。興味持ちましたか。話を聞いてくれませんか？」

選挙中は出会った一人一人にそう言いたいくらいだから、目立つ一階の道沿いに、事務所を構える候補が多いのだ。

（ま、三階の方が、賃料が安かったのかも）

エレベーターがあったので、ちょっと嬉しかった。三階に着くと狭いフロアには、他に二つしか部屋がない。迷う事なく事務所のドアを開け、聖は明るく挨拶をした。

「こんにちは、加納議員から、お手伝いをするよう言われて来ました」

だが聖は足を、その場から先には進められなかった。部屋内にいた三人がこちらを見て、何故だかぴたりと動きを止めたのだ。聖と目が合うと、彼らは視線をすいと逸らす。恐ろしく気まずい雰囲気になった。

「あのっ……？」

立ち尽くす。顔が引きつるのを感じた。

（まさか住所を間違えたんだろうか？）

大堂の下で事務員をやり始めてから、聖はあちこちの政治家事務所へ、助っ人に派遣された。選挙前で猛烈に忙しい所も多かったし、後援者の妙な依頼を抱えている所もあった。

しかし議員達の事務所には、どこか似た雰囲気があった。馴染みの場所という感じ、つまり独特の匂(にお)いがしたのだ。

(だがここは、何というか……)

違和感がある、と思った。一体何が違うというのか、素早く部屋の中に視線を走らせたが、理由はぴんとこない。

「あの、ここは外岡大介氏の事務所でしょうか?」

大いなる不安と共に、とにかく確認してみると、事務所の者達が無言のまま小さく頷く。「あ、良かった」ほっとしたのも一瞬で、それでも中へは招かれなかった。

(こりゃ、恐ろしく愛想のない事務所だな)

急いで主の外岡の事を思い浮かべる。確か三十八歳、前回始めて当選し、二回目の選挙で議席を失ったところだ。元はNPO法人にいて、そこの後押しを受けている筈だ。

落選後、大急ぎで事務所を撤収する事になったのか、部屋内の壁や奥のドアには、既に何も貼(は)ってないし、出しっぱなしのファイルやパソコンすら見あたらない。机とパイプ椅子(いす)が、まるで生徒の来ていない学習塾のように、並んでいるのみであった。

ふと見ると、事務所内にいる三人は、皆胸元にピンクのリボンを付けている。

(ありゃもしかして、乳癌(にゅうがん)検査を勧める活動をしているのかな。事務所の皆で揃(そろ)って?)

立派な事ではあるが、これまた候補が落選したばかりの事務所の活動としては、何とも珍しい。とにかく、ずっと立ったままではいられないので、聖は強引に一歩踏み込んだ。

「ええと、佐倉と申します。あの、外岡さんはどちらに?」

事務所に人手はあるようだが、加納の意図も伝えず、このまま帰る訳にもいかない。するとリボン付きの三人は、そろりと視線を交わし、まるでとんでもない要求をされたかのように黙りこくっている。聖の頭に?マークが浮かんで踊った。

「あの、外岡さんに何か不都合でも?」

ふとこの事務所は、先だってインターンシップに行ったA社に似ていると思った。あの職場では辞める直前、何故だか聖と口をきく人が酷く少なくなっていた。

思わず総身を緊張で包んだその時、奥のドアが開き、似たような歳の男が二人顔を出してくる。先にいる一人が聖に、この事務所で初めて見る笑顔を向けてきた。

「佐倉さんですか、外岡と言います。直ぐに挨拶に出なくて済みません。他にお客様がおいでだったので」

声が奥の部屋にまで聞こえていたのか、もう一度自分や加納の名を出す事なく、外岡と話ができてほっとする。だが先を続けようとしたところで、今度は聖が言葉を途切れさせてしまった。

（あ……れ？）

外岡の後ろでそっと立っている男を、どこかで見た気がしたのだ。だが初めての事務所に、知り合いなどいない。ＮＰＯの者かとも思ったが、そういう客であれば、尚更見覚えなどあるはずもなかった。

（オヤジの党のパーティーで、裏方をしてる時に会ったのかな？　違うよなぁ）

目の前の客は挨拶をしてこなかった。聖が、有名な加納議員の所から来たと漏れ聞いた筈なのに、興味も示さない。

（引っかかるなぁ、誰だろ？）

気になったが、外岡が話しかけてきたので聖が目を外した途端、名無しの客は僅かに頭を下げ、部屋から姿を消していく。すると部屋で一塊になっていた事務所の者達が、ぐっと肩の力を抜いた。

（おいおい、なんだぁ？）

聖は客を追いかけ、名前を聞いてみたい誘惑に駆られたが、やっと外岡と会えたところだから、それもできない。とにかく加納が、元議員達の事を気遣っている旨を聖は伝えた。

「おや、加納議員がですか。同じくらいの年齢なのに、ベテラン議員はやる事が違いますね」

外岡は、きちんと頭を下げ礼を言った。だが心遣いをされた側なのに、言葉の端々から、微妙に面白くないという気持ちがにじみ出ている。聖は眉尻を下げた。

（同年配に見下された気がしたのかな？）

加納と外岡だと、確かに年は大して離れていないが、当選回数は加納がぐっと多いから、党内での立場は大きく違うのだ。政治の世界では、二十代の新人もいれば、引退した官僚などが化けた、六十過ぎの新人もいる。年齢で立場の上下が決まらない職業なのに、やはり同年配は気になるものらしい。

「あの、よろしければ選挙後のお手伝いなどしてくるよう、言いつかっているのですが」

聖の申し出に、外岡はあっさり首を横に振った。そして、リボンを付けている者達を紹介してくる。聖は三人が西村、前沢、下瀬という名だと、ようやく知った。

「ＮＰＯ法人時代からの仲間です。次の世代の子供達に、よりよい未来を受け渡す活動をしていまして」

皆、ボランティアをする事にも、組織を動かす事にも慣れている。だから事務所の運営や、落選後の引っ越しの手は足りているらしい。外岡は真面目に言った。

「自分は、ＮＰＯの皆の思いを代表して、議員となったんですよ」

全員ただのボランティアではなく、真剣に、世の中を変えてゆく気で頑張っている仲間なのだと言う。彼らは国会を、そして政府を動かすつもりで、外岡を送り出したのだ。

「なのに私ときたら、一期勤めただけで落選してしまって。話になりません」

外岡が頭を掻く横から、事務所の者がやっと茶を出してくれた。ペットボトルをくれたのは西村という男で、聖を正面から見て話しかけてきた。

「佐倉さん、お知り合いなら加納議員に伝えて下さい。せっかく外岡が加わった党が、野党に下っては困ると。これでは外岡が議員として当選しても、我らの主張を政府に通せないじゃないですか」

「……主張、ですか？」

聖がボトルにのばした手を止めた。その横から下瀬が、子供手当についてNPO法人仲間が目指していることを、口にした。

「沖縄の干潟を埋め立てる件でも、考えがあります。我らは反対の立場です」

前沢も横から言ってきた。他にも多々、確たる意見があるらしい。

「我らの代表が野党にいては、意味がないんです。計算外の事です」

その意見に、聖は苦笑する。

「でも、焦ることはないんじゃないですか？　当選一回の議員の主張が、党や国会で、そうそう通るとは思えないし」

「それは問題でしょう！　正当な考えを理解してもらえないのは、大問題です」

　思わず身を引く程の、下瀬の大声であった。

「未来ある子供の事を考える、我らの主張は正当なものです。だから第一に考えられなくてはいけないんです」

（あのさ、正当って何だ？）

　聖が勤めている『アキラ』では、『風神雷神会』の面々が集まり、よく政策を討論している。だから大堂が所属する党の基本方針くらいは、門前の小僧である聖も承知していた。今聞いた外岡達の考えは、その方針から大分ずれていると思う。

（このＮＰＯの主張って……何だか対立政党のマニフェストに近い気がしないか）

　おまけに己が正しいと言うばかりでは、他の議員から賛同してもらうのは難しい。そして、誰かが立派な事を言ったとしても、その活動が、保証される訳ではなかった。もしそうなら、素晴らしい主張をする理想高き政治家は、それ以上何もしなくても良い事になる。

（そんな訳ないもんな）

　聖は外岡を見て、にこっと笑った。

「何にせよ、政治は結果で計られるものですよね。あ、こいつは加納さんの師である、大堂先生の主張でして」

まあ、そうでなければ税金や法律など、政治家が決めた結果を引き受ける国民は、たまったものではないだろう。だがこの言葉が、ただでさえ悪かった外岡事務所の雰囲気を、最低にした。

「そんな事を言ってるから、お前らの政党は駄目なんだ。だから与党から転落したんだ！」

西村なのか、前沢の声だったのか、とにかく大声が降ってきた。そして聖は追い立てられるように、部屋から出されてしまったのだ。

(あらら、ご機嫌を損ねちゃったか)

大きく一つ息を吐いた。彼らの意見に諸手を挙げて賛同しなかったものだから、聖は、味方だと思われなかったのだろう。

「まあ、いいか。この事務所、人手は足りてるみたいだし」

素晴らしき主張は、正しく実行されなくてはならないと言われて、ちっとも正しき青春時代を過ごさなかった聖は、かなり居心地が悪かった。聖は表の道から、三階にある外岡の事務所を仰ぎ見る。

(外岡さん、加納さんに文句を言うかなー)

やれやれと溜息をつきつつ、聖は秋葉原の街へと戻った。駅近くで、また猫耳姿の女の子を見かけた。正義の味方に変身した子と一緒に、大勢からカメラを向けられている。

（今日、どこかでイベントでもあるのかな）

一見普通の子が、突然変身して世界を救う。そういう日本のアニメが、世界中で受けているせいか、今時コスプレしている子は珍しくない。今駅前で写真に収まっている正義の味方など、男か女かも定かではなかった。アニメから抜け出たような、体型のせいかもしれない。

「いっそ本当に、世の中を救ってくれないかな。俺の就職相談にものって欲しいよ」

小さな笑いを口元に浮かべた瞬間、聖は目を見開いた。そして人だかりに顔を向けたまま、大型電器店の前で立ちすくむ。

正義の味方を見たおかげか、先刻外岡の事務所で出会った人物の名前を、急に思い出していた。

4

翌日、日比谷にある事務所『アキラ』の中を、加納がぐるぐると歩き回っていた。

「動物園の熊（くま）と親戚（しんせき）になるつもり？」

聖が問うと、加納は有権者には見せられない、思い切り人の悪そうな笑みを浮かべる。そしてゆっくり顔を近づけてきた。

「聖、頼まれたA社の件で、面白い話を摑んだぞ。実はあの相談を受けた時、雲を摑むような話だと思ったんだ。なのに早々に真相に迫るなんて、やっぱり切れ者だなぁ私は」

己で己を絶賛しつつ、加納はうんうんと一人頷きまた歩く。その横では、聖に食べ過ぎだと言われ、カステラを取り上げられた大堂が、ソファの上から文句を口にした。

「俺は糖尿病ではない。加納、聖に何とか言ってくれ」

「オヤジさん、聖ですがね。どうも社内で女性社員達から不評を集めてしまい、それで首が飛んだらしいんです」

加納は立ち止まると、それは楽しそうな笑みを聖に向けた。聖はお盆を持ったまま棒立ちとなり、大堂がここぞと盆の上からカステラを掠め取る。

「女性社員を大勢怒らせたとは。聖、どんな武勇伝を作ったんだ?」

「オヤジ、俺……覚えがないんですけど」

呆然として動けない聖に、加納が疑いの言葉を返してくる。

「聖、これは確かな情報なんだぞ。後援会員である小城さんの、地元の社長仲間の釣り仲間が、A社にいた。その人の部下の同僚が、お茶くみ仲間から聞き出したんだから確かだ」

インターンシップ中、社内の女の子に手を出し、女性社員達を怒らせたに違いないと加納に断定され、聖は憮然とする。言い返した。

「加納さんじゃあるまいし。俺は皆と仲が良かった。女性上司の名村さんとも、その補佐の嶋さんとも、問題なしだったよ」

「おんや、俺が何をしたと？」

「加納さんの中身を知らない女性から、ラブレター貰うのを楽しみにしてるじゃないか」

「あれは……既婚者へ出す物じゃないと、優しく返答をしているだけだ」

あっさり言い抜けられ、聖は唇を尖らせる。

「俺が何をしたっていうのさ？　もっと具体的に言ってくれよ」

「そいつは……今後の報告に期待しろ」

まだ調査中だと言われ、それじゃ何も分からないと、聖はぐっと不機嫌になる。そして三歩近づくと、今度は己が加納の用件について話し出した。

「加納さん、頼まれた四件の内、二件の事務所を回ったよ。で、今回の仕事、ただの後片付けじゃないでしょ！」

言われた加納はすっとぼけた顔で、「へえ、そう？」と言い、大堂の横に座った。そして、しゃあしゃあと問うてくる。

「じゃあ、何だと言うんだい？」

（やっぱり、別に目的があるんだな。そう、だって彼が秋葉原にいたし）

聖はしかめ面（つら）で喋（しゃべ）りかけ……急に黙った。

「まだ仕事が半分残ってる。後二軒事務所を回った確信したら、報告するよ」

そういう約束だったと言うと、何か隠しているのかと言い、加納が眉を上げる。だが聖は、舌を出してそれ以上話さなかった。

「A社の件と同じだよ。こちらも結論が出ていないのさ」

途端加納が「ガキ」と言い捨ててきた。聖が「くそ王子！」と返す。次に拳（こぶし）が使われかけたところで、大堂が言い合いを切った。

「私は双方の続きを、さっさと聞きたい。二人とも早く事を終わらせて、報告してくれ」

大堂はこの後芝居に行くと言い、加納が急ぎの会合を一つ思いだし、諍（いさか）いは一時お預けとなった。聖は大堂に軽い夕食の用意をする為、台所へ向かった。とろろ飯と焼き魚のあっさりした夕餉（ゆうげ）を作り始めると、先ほどの加納の報告が気に掛かってくる。

（俺、女性陣から不評を買ってたんだ。何でだ？）

就職したい企業の、インターンシップ中だったのだ。女性社員と喧嘩をした覚えも、かわいい女の子を贔屓（ひいき）にした事もない。

（どういうことなんだろ）

自分で調べてみたいが、それができるのなら、最初から加納に頭を下げだりしない。

聖はすり鉢で山芋をすり下ろすと、控えめに味を付け、小鉢に流し入れた。

それから、今後回る二つの事務所に考えを向け、その資料を思い浮かべる。

（この先、俺は事務所の後片付けをする事があるのかな。ないかもね）

そんな気がした。

三つ目の事務所の主は南和子と言い、元区議会議員であった。

母子の問題を主に扱う団体の元代表で、今四十五歳である。太ってはいないが、がっしりとした体型で、上品な肝っ玉母さんという感じの人だ。

事務所があるのは文京区、幼稚園のお受験が盛んな場所だという。聖は地下鉄の駅で、私立の小学生と思われる小さな子供達が、電車通学しているのに行き会った。

「おしゃれな制服着てるなぁ」

カフェを兼ねたベーカリーの隣にある、南の事務所もしゃれた造りで、コーヒーの良い香りが漂ってきている。外岡の事務所にいたのは全員男であったが、南の事務所を支えているのは、全員が女だ。少なくとも聖が顔を出した時は、女しかいなかった。

「あら加納さんから、うちの手伝いをしてこいって頼まれたの？　ご本人も来て下さればいいのに。聖君ておっしゃるんだ。二十一？　まあお若い」

　聖はこれまでのように、選挙後の手助けを申し出たが、事務所はこのまま続けるから、片付けは必要なしと言い、南は笑った。事務所にいた主婦達の話によると、隣のカフェを含め、事務所の入っているビルごと、南の夫の物らしい。つまり家賃節約のために、急ぎ撤退する必要などないのだ。

（こりゃ、うらやましい環境だ）

　隣の店からコーヒーが届くと、聖は事務をしている主婦達と大きな丸テーブルに座り、いつの間にやら近所の噂話を聞くことになった。（あれれ？）タイミングが摑めず立てずにいる内に、驚くほどに地域密着型の、母子に関する話題を聞く事となった。

　保育所の待機児童の人数から、近くの小学校教師の服装の事まで、実に実に本当に細かく南は承知している。もしかしたら近所なら、大概の母子の顔を覚えているかもしれない。いやそれだけでなく、噂で話を聞いたのみの人とも、南は親しく挨拶を交わせるだろうと思われた。

（やっぱり女性の話の力は、凄いなぁ）

　聖が香りの良いコーヒーを、ゆっくりと飲んでいる内に、南の娘さんが焼いたというクッキーが、テーブルに出た。

「あ、美味しいですね。そう言えばインターンシップ先でも休憩の時、何度か手作りのお菓子を貰った事がありました」

「聖君、就職活動中なの？　職場に新人の男性が現れると、女の子達は張り切るわねえ」

　南が明るく言った。

（そうか、A社で出たあのお菓子は、女子社員達の自己アピールだったんだ）

　今までそれに気づかなかったのは間抜けだが、聖の感覚が、どうも世間とずれているのには、理由もあると思った。事務所『アキラ』に現れる女性達が、ちょいと普通と違うからだ。沙夜子や真木は、料理の腕より、その政治的手腕で噂になる者達なのだ。

　美味しいクッキーが人参入りのものだったからか、その後テーブルの話題は野菜の話になる。丁度近所の幼稚園では子供の好き嫌いをなくす為、野菜畑を作っているという。きっとその内南は、園児と一緒に野菜を収穫するのではないかと、そんな気がした。

（成る程、ねえ）

　居心地が良い事務所であった。香しいコーヒーの香りと、手作りの甘い菓子。笑い。優しさ。先だって行った外岡の事務所と、何故こうも違うのだろう。

　南は国政選挙に初出馬だったと聞いたが、支援者から出馬を促された理由は分かる。

かなりの期間選挙区以外にいる加納が、気恥ずかしくなるほど、きっとこの地区で活動しているからだろう。直に会った者達が、人柄を慕って票を入れてくれる、幸せな候補だと思った。

「あの、そろそろおいとまします。食べて飲んでばかりいては、何しに行ったのかと、後で加納さんに叱られかねない」

南に礼を言い聖が立ち上がると、事務所の皆が見送ってくれた。外の道でまた、制服姿の小さな子供達を見かける。南に土産に貰ったクッキーから、美味しそうな香りがしたのか、聖の方を振り向く子がいた。

「ほんわかとした所だな」

印象が南と似ている。あの候補に相応しい所だという気がした。だが……南は有権者に選ばれず、落選したのだ。聖は眉間に皺を寄せ、歩きながら考え込んだ。

5

「やぁ聖君、あんた会社で女の子を山と引っかけて、就職先を一つ、ふいにしたんだってぇ？」

最後に顔を出した南千住の事務所で、聖は落選候補から、いきなり楽しそうに言われた。

今はただの人である春居雅彦は三十一歳。初めての立候補が前回の国政選挙で、資料によると、それまではフリーターだったらしい。その前は、何と売れないお笑い芸人をしていたということであった。

だが選挙では、有効投票総数に対し一定票に達しないと没収される供託金を、奇跡的に取られずに済んだという話だ。余程街頭での話が上手かった……というか、話芸が面白かったのだと言われている。ぽっと出の泡沫候補にしては、頑張ったと噂の男なのだ。

しかし、選挙用の資金が大いに足りなかったらしく、春居は南千住でも、タワーマンションが建ち並ぶ地域ではなく、駅の反対側に小さな事務所を借りていた。かつて蚕棚などと言われた、簡易宿泊所が並ぶ辺りだ。

聖が訪ねると、早々に辞めてもらったのか、事務所には既に秘書もボランティアもいない。挨拶をし、後片付けの協力を申し出たところ、春居は大げさな程喜んだ。

（おやおや、初めて本当に、事務所の後始末をすることになったぞ）

だが事務所にあったほとんどの物はリースだったそうで、今はそれほど残っていない。お気楽に掃除をしている途中、春居は聖に、ふざけた話をしてきたのだ。

初対面であったので、聖は春居の眼前へ突きだした拳を寸止めにし、殴らなかった。

それでも春居は大きく体を仰け反らせた。

「春居さん、今の余分な話は、加納さんから聞いたの？」

「あのぉ……なんだろねぇこの拳。聖君、怖いじゃんか」

「加納さんは、阿呆な噂を喋るついでに、教えてくれなかったのかな？　俺が昔、少々ぐれてたとか、大分喧嘩してたとか、随分と腕っ節が立つとか」

　そう言ってから、聖は睨む目に力を込め、くだらない噂話は嫌いだと告げる。春居は急いで窓際へ逃げると、素直に以後気を付けますと口にした。

　しかし。

　二人でまた掃除を始め十分もすると、春居は早くも黙っていられなくなったのだ。拳を怖がっているくせに興味津々で、噂話の真相を確認してくる。溜息をついた聖は、本当に殴る気にもなれず大きく首を振った。

「俺にはまだ、彼女はいないんだ。つまり一人で十分。大勢の女の子を引っかけたい気持ちはない」

　加納がした噂は、まごう事なき与太話だと、聖がうんざりした表情になる。すると、一瞬ぽかんとした春居が、ぶっと吹き出した。

「えーっ、聖君、彼女いないんだ」

　大げさに驚き、盛大に笑う。用心を忘れあまりに笑い続けるので、思い切り足払いをしたら、尻を床に落としうめき声を上げた。

「済みません、もう言いません！　はいはいー、噂っていい加減なもんですわな」

自分にしたって、元お笑い芸人なんて冗談を言ったら、皆が信じてしまったと言い、春居は尻を撫でつつ起き上がる。

「えっ？　芸人だったんじゃないの？」

まさか、加納の調べが違っているとは思いもよらず、聖は驚いて片付けの手を止めた。

「じゃあずっとフリーターだったのかな？」

「そいつも冗談。俺は魚屋の息子でして。親の店、手伝ってました」

春居の立候補は、桁の外れた無茶話として身内に広がった。落選間違い無しと言われて同情されたのか、魚屋つながりの者達が一票を入れてくれたので、供託金を取られずに済んだのだそうだ。

「選挙って、ホント金がかかりますなー。当選したら、立候補者は全員同額しか使っちゃいけないって法律、作りたかったんですわ。ああ、無謀な夢だったなぁ」

選挙はシビアだなと言いつつ、春居は拭き掃除を終える。聖は真剣に驚き、持っていた箒を机に立てかけた。

「あの、本当なの？　そんな夢の為に、国会議員になりたかったのか？」

「えっ？　わりぃ、うっそー」

　その一言が終わらぬ内に、懲りない男のこめかみを、聖は二つの拳でぐりぐりと締め上げる。すると途端に真面目な言葉が、春居の口から出てきた。

「いやさ、そのっ、実は議員様って訳が分からんかった。だからどんなもんなのか、なってみたかったわけーっ」

　これは本当だと言い、へらへらと笑みを浮かべる。聖は先ほどよりももっと驚き呆れた表情で、春居に聞いた。

「あのさ、聞いていいかな。そんなんで、どうやって党の公認を取ったの？」

　例えば党が候補者の一般公募でもして、それに春居が応募したのだろうか。しかし、これほどいい加減の固まりのような男が、何故選ばれたのか、聖には分からなかった。

　すると春居は、あっけらかんと、予想もしなかったことを口にする。

「俺、どこの党にも入ってないよ」

「へっ……？　でも加納さんがこうして気遣っているんだから……だから」

　なのに、同じ党員ではないというのだろうか。ここで春居がにたっと笑った。

「先日当選された加納さんのお友達の事務所が近所にあるんだ。加納さん、その人の応援に来た帰り、道端で俺の立会演説を聴いたんだと。それで電話をくれたんだよ」

　友の対立候補だから、さすがに選挙中、表だって応援してくることはなかった。だが随分話が面白いと、春居に言ってくれた。その縁で選挙が終わった後、後片付けの手伝いをすると、連絡をくれたのだという。

聖は話を聞いている内に、段々と顔が火照ってくるのを感じた。多分加納は、落選候補者達の名と事務所所在地が書かれた紙を渡した時、春居が党の候補ではないことを、わざと黙っていたのだ。聖が気づかず、春居のことについて確認を入れてこないので、舌を出していたに違いない。

「オヤジが笑ってたのは、このせいかも」

大堂の事務所の者なのだから、都内の候補者や、同じ党の立候補者くらいは、聖も覚えておくべきなのだ。この話がばれれば、政治研究会『風神雷神会』の面々から、からかわれる事請け合いであった。

「くっそう」

嫌みな王子様に馬鹿にされたようで、面白くない。思わず愚痴がこぼれた。

「いつか加納さんに刺客がたったら、思わずそっちにいい顔したくなるかも」

「はい？　五日加納さん、四角を立てたんで、思わずそっちを烏賊にしたくなる……って？」

首を傾げ尋ねてきた春居に、聖は「アホ」と言って怖い顔を向ける。

「議員の話をしてるんだから、立つのは刺客だ！　烏賊？　どうやったら、そんな聞き間違いが出来るんだ！」

「だ、だってさ」

聞こえちゃったのは仕方がないと、春居は唇を尖らせる。このお気楽者は、これで聖より十も年上なのだ。恐ろしい話であった。

「聞き間違いくらい、良くあるでしょうが。この間なんか俺、女学生と話してた時、俺と〝恋バナ〟したいって言われたんだ。つい喜んじゃったんだけど」

「だけど？」

恋愛の話が、何に化けたというのだろうか。すると春居はいかにも残念そうに言った。

「それがさ、〝恋バナ〟じゃなくて、〝濃いはなし〟だったんだ。介護の相談だった」

三分で振られたと嘆くので、ウルトラマンなみだと言ったら、なみだは流さなかったと切り替えされた。本気か、聞き間違いか、確信した上でのジョークか。

（斜めに逸れてゆくこの話しっぷりを、何で加納さんはお気にめしたんだろ？）

もはや、訳が分からず聖は溜息（ためいき）をつく。そこに春居が、真剣な声をかけてきた。

「聖君、人間の脳ってさ、自分が聞きたいように、話を聞く事があるんだよ。経験上、絶対にそうだ」

「へえええ、さいですか……」

箒にもたれ掛かったまま、疑り深い声を出した聖に、春居は大まじめに聞いてくる。

「こいはなくすりはきかない。これ聖君なら、〝濃い鼻薬は効かない〟って聞くよね。政治家の事務所にいるんだから」

ではでは、春居ならばどう聞くのか。

「こいはなくすりはきかないは、〝恋花薬は効かない〟となる。俺は恋多き男だからさ」

「あ、そー」

「つまり聞き間違いは、経験によって引き起こされるのさ。聖君が、先に期待していた就職先をふいにしたのだって、もしかしたら、聞き間違いの為だったりして」

例えば聖が、「もう来なくていい」などと言われ、仕事を辞めたとする。だが就職問題に気持ちが行っているから、そのように聞こえた可能性があると、春居は言うのだ。

「ひょっとしたら、〝もう粉なくていい〟なんていう、仕事の話だったかもよ」

「仕事で粉なんか、扱っちゃいなかったよ」

語呂(ごろ)が良いからといって、〝粉〟などという関係のない言葉を持ち出すなど無茶苦茶だと言い、聖は口元を歪(ゆが)める。だが春居は、あっけらかんと笑った。

「やだなー、たとえ話だよ、た、と、え、話」

しかし春居は、仕事を首になった原因が、勘違いかもしれぬと本気で思っているらしい。聖がA社で、妙な会話を誰かとしなかったか、懲りずに聞いてくる。

「してないってば」

珍奇な話をしたら、その場で疑問に思って聞き返した筈だ。聖は否定するのにも疲れ、全身から力が抜けそうであった。

(俺は、落選候補達の選挙事務所へ、後片付けにきたんだよな)

なのにどうして、いつの間に、こんな嚙み合わない話を、野郎と続ける羽目になったのだろうか。今回は何故か、どの事務所に行っても、地道な作業にならない。思い切りテンションを下げ、両の眉尻も下げ、聖は、阿呆な元候補に文句を言おうとして……黙った。そして二度、三度と首を傾ける。

「あれ?」

(元候補……候補?)

不意に頭を何かがかすめた。(今更?)だが確かに、何やら思い出した事があったのだ。そう言えばインターンシップ中、一時言葉に詰まった。思い出した!

(候補って……?)

どこで、誰と居た時だったのか。暫く考え、そして目を見開く。

「あ、昼飯の時か。A社の社員食堂だ」

周りには女性が多かった。新人が三人いて、周りの視線が集まった時、話題が皆のアルバイトの話になった。聖も仕方なく、事務所『アキラ』へ行っていると口にしたが、大堂のことは気軽に喋れないし、そもそも『アキラ』は変な事務所で説明がしにくい。『風神雷神会』のこととときたら、更に語りづらい。

どういうバイト先かと聞かれ、しどろもどろの話になった。顔と家事能力が反比例する若い女性がいるとか、すきってみせたら拙いんだとか早口で言い、何とか誤魔化した。あげく大堂の名を口にしそうになり、急いで話を途中で切ったのだ。

あの時、女の子達の様子が妙な感じになっていたのは、聖の話が面白くなかったからだと思っていた。だから忘れていた。

話を聞いていた春居が、大きく頷く。

「分かったぞ、好きって気持ちをみせたら拙いと言うつもりが、好きってみせたら拙いなんて、言い間違えたんだな」

恋を語るのに、男としてやるべきではないことだと言い、深く頷いている。

「それできっと聖君は、A社の女子社員達の不興を買ったんだ。いや、げに恐ろしきは言葉の間違いだ。聖君、もうちょっと女心を知らないと……」

聖は春居へまた拳固を見せ、その思い込みの激しい言葉を止める。

「違うだろ！　〝すき〟は好きじゃない。隙だ！　事務所『アキラ』で、オヤジや議員達に隙を見せたら拙い。そう言ったんだよ」

だが議員という言葉を言えなかったので、妙な言い方になったのだ。

大体、〝すき〟という言葉が出た途端、それを脳内で〝好き〟に変換するなんて、まるで女の子みたいな考え方だ、と続けたところで、聖は言葉を止めた。自分の言ったことに驚き、横の壁にもたれ掛かる。

「女の子……女性なら、恋の意味に思い違いをしても、おかしくないのかな？」

何しろ目の前にいる三十を越したおっさん、春居ですら、そういう発想をする時代なのだから。聖は南元区議の事務所で、女性達の噂の力を見せつけられたではないか。

「もしあの時、〝すき〟を〝好き〟と、皆が脳内変換してたとしたら？　でもそんな言葉の誤解だけで、女子社員達に嫌われまくるかな？」

すると、大いにわくわくした様子の春居が、妄想をたくましくし、考えを述べてくる。

「いや聖君、忘れてる失言、一つ思い出したんだ。あと二つや三つや四つ、出てくるんじゃないの？　聖君は恋バナの主役になっていたかもよ。〝好き〟という言葉が、勝手にどう転んでいたか、分かったもんじゃないさ」

聖に口説かれたと思った女の子が二人いたら、噂は一気に社内を回る。三人出たら大騒ぎだ。春居が雑巾(ぞうきん)を手に、実に嬉しそうに語ったので、聖は今度こそ春居を小突きそうになる。

「だから、つきあった子は、いなかったってば！」

加納がこの妄想男の事を、公認候補並みに気にする理由が分からない。黙らない春居に、一発お見舞いしようとしたその時……聖は動きを止めた。思わず短い言葉が口をつく。

「あ、公認候補、そうかっ」

春居が興味津々、どうしたのか尋ねてくる。聖はその顔をのぞき込むと、一言口にした。

「公認が……鍵かもしれない」

6

事務所『アキラ』の居間で、加納が酷くふて腐れた表情を浮かべていた。その様子を、大堂や妻の沙夜子、秘書の真木、それに聖が見つめている。

五分前、聖がインターンシップを首になった訳を、加納はA社の女性上司との交際失敗だと、そう報告したのだ。曰く、聖には社内で公認された相手がいたらしい。

「だが聖はその女性を振った。しかし、相手が悪かった。十も年上のその人は、特に女性社員に人気の上司だったんだ」

要するに聖は、会社に採用して貰おうと女性上司と公認の仲になったが、上司の一存での採用は不可能と知り、あっさり交際を終えたとされたのだ。

「それで聖はA社で、極悪非道な腐れ男だと認定されたんだ」

よって女子社員達の怒りを買い、失業の原因を作ったのだと、加納はそう結論づけてきた。

ところが加納は直ぐに、眉間に皺を寄せることとなる。そのきつい報告に対し、聖から反撃を喰らったのだ。『アキラ』の居間で、大堂達に見つめられつつ、聖は舌を出した。

「今回の加納さん、間抜けじゃん。半端な調べをしたというか」

その調査結果じゃあ、四つの事務所回りの報酬には不足だよと言われ、加納は鼻白む。聖はそれに構わず話を続けた。

「俺は名村課長と、つきあっちゃいなかった。面倒見のいい人だとは思ってたけどね」

「聖、加納の結論に駄目を出すのか？　なんだ、もしかしたら首になった理由を、自分で見つけたのか？」

横から大堂に聞かれ、聖は頷く。「おい、本当か？」疑り深い声を出した加納を無視し、聖は語り始めた。

「今、加納さんが口にした、俺の直属の女性上司は名村さん。三十一歳だったかな」

確かに十は年上だが、感覚は若そうだった。新入社員だって、恋の相手かもしれない。

「でもさ、インターンシップ先の上司なんだぜ。俺、名村さんを、気軽に話せる女の子っていう感じじゃ、見てなかった」

だが、優しい女性上司に対し、年の離れた姉に対するような、甘えがあったのは事実だ。実際聖は名村とはよく話した。

そして聖は会社で皆と話す時、政治家の集う事務所『アキラ』での事を、話題にするのをためらった。おそらくその態度が、何やら隠し事でもしているように、A社内で見られたのだろう。

「そこを、周りから誤解されたのかも」

そして噂が囁かれたのだ。

「聖と名村さんはつきあってる、となった訳か」

大堂がにたっと笑うと、真木や沙夜子や加納が、勝手に先を続けていった。

「だけど、聖にはそんなつもりはない。名村さんと実際につきあう事にはならない」

「で、じきに、聖君が名村さんを振ったという話になった」

「社内の者が思い描いた未来日記が、気に入らない結末に化けた。それが不評となって、聖の失職に繋がった。そう言うんだな？」

ここで加納が、口をへの字にひん曲げる。

「おいおい、それなら今私が、言った通りじゃないか！」

「加納さんの報告って、肝心なところが抜けてるんだもの」

聖が言い返す。

「名村さんとの仲を誤解されたのにはさ、訳があったんじゃないかと思うんだ」

先に会った落選候補の春居は、〝すきってみせたらまずい〟という言葉を、〝好きって気持ちを見せたら拙い〟に脳内変換した。そして他にも失言があったのではと、そう推測したのだ。

すると聖には思い浮かんだ言葉があった。「党に公認された、良い仲間だ」

聖はうっかり、そう口を滑らせた事があったのだ。途端、真木が反応した。

「二人はとっくに公認された、いい仲だ、って聞こえた」

「おやおや」「あらま」「……」

僅かな差で政治の話題と、つきあっている男女の話が交錯するから不思議であった。

「つまり誤解が重なって、噂が立ったのか」

加納は、自分の意見を少し詳しくしただけじゃないかと、不満げな顔だ。沙夜子が聖に、慰めるような言葉をくれる。聖は頷き、この考えに、一旦は納得をしたと言った。だが。

「でもさ、やっぱり変なんだよ」

「おや、何がだ？」

「だってさオヤジ。加納さんご贔屓の元候補、春居さんじゃないんだ。ワープロソフトの変換間違いみたいな、そんな聞き間違いを、そうそうするもんかな。実際話して、そんなことある？」

確かに恋バナ好きの思考回路は、政治家用思考回路よりも、多い。だが今回の名村の件では肝心な所で、二回も間違いが重なっている。沙夜子が、鍛えている最中の秘書を見ると、真木は一分程考えた後、静かに答えた。

「もしかして、誰かがわざと聞き間違えたって事かな？」

「その間違いを、意図的に社内に流した人がいるかも、っていう話なの？　聖君」

沙夜子が続ける。そうして、直ぐににっと笑った。

「噂を撒いた理由は、若い男の子と、交際を始めたかったからか」

「つまり名村課長本人が、やったっていうのか！」

男の趣味が悪いなーと呟く加納の声を聞きつつ、沙夜子が苦笑する。

「そっか、聞き違いから出た話なら、名村課長がきっぱり違うと言えば、恋の噂にはならないものね。つまり名村さんは、否定しなかった事になるわ」

間違いが本当になればいいと、思ったからかもしれない。自分から噂を大きくした可能性すらあった。ここで聖が言葉を付け足す。

「俺、最初に聞き違えたのは、名村課長のライバル嶋さんかもしれないとも思いました」

大した悪意すらなく、単なる意地悪で話を広めた可能性がある。名村の方が出世が早く、立場が上だったから。その事に嫉妬していると言われていた。

「どちらが始めた事か、断定できないんだ。加納さんが教えてくれれば頭を下げるよ」

聖はそう言うと、正面から王子様を見る。一瞬言葉に詰まった加納の横から、含み笑いが聞こえた。大堂であった。

「聖、どっちでも大して変わらんよ。ただ最終的にお前さんの首を切ったのは、名村課長だろうな」

インターンシップに来た若い男が、自分を引っかけ振った。名村ならば恥を承知で、自分の上司にそう言えば、聖を首にできる。噂の当事者ではない嶋では無理だろうと言い、大堂は苦笑を浮かべた。

「女にそういう態度を取られたら、今の聖では、太刀打ちはできんだろうな」

「まあ……」

真木が聖へ、哀れみの眼差しを向ける。

「要するに、失恋のとばっちりですか。ラブラブになれなかった男の子の顔を、見続けるのが嫌だったんだ。で、その女上司はわざと聖を、インターンシップから落とした」

「きっとそうね。早く忘れたかったのかな」

男女の気持ちのすれ違いなど、笑い話にできるほど見てきたからか、沙夜子の結論はあっさりしていて、反論の余地がない。つまり……その通りだったのだろう。

「これが話の結論かぁ……」

聖は一つ、大きなため息を吐いた。

「参った、名村さん、いい女に見えたのに」

彼女が嫌いではなかった。それだけに、暫く溜息が尽きそうにない。今後、素敵な女性の基準が微妙に歪みそうで、何とも怖かった。するとここで加納が、思い切りわざとらしく聖を慰めてきたのだ。

「いやいや、我が親友はまだお子ちゃまだ。恋の始末がこうなったのも、仕方がないよなぁ」

途端、聖の機嫌が滅多にないほど悪くなった。そう言う態度を取るなら、四人の落選候補について子細を話さないぞと、ぐっと声を低くし加納に言ったのだ。

「おや、落選候補の子細とは、何の事だ？」

「この先を聞かなくてもいいなら、構わないけど。でも加納さん、選挙で惨敗した後だもの、党じゃ形勢挽回の為、早くも次の選挙に向けて、候補者を選び始めてるんでしょ？」

何しろ『アキラ』は『風神雷神会』の根城だから、そういう話の確認は直ぐに出来る。そして聖は、落選が多かった関東地域のてこ入れに、加納が力を貸しているとの話を摑んだ。

「落選候補達の内、誰なら次回当選できそうか。調べてるんだよね？」

次に期待する者には、党から金銭その他の援助を出さねばならない。しかし今回は落選組が多く、金にも時間にも余裕がない。それで加納はその確認作業を一部、聖に押しつけたのだ。

「でもまさか、自分で調べないなんて、人には言えないもんね。だからオヤジの前では、選挙事務所の後片付けっていう事にしたんでしょ」

そして後で、選挙での当落を当てるのが得意な聖から、落選候補の人となりを聞き出そうとしたのだ。もっとも大堂は直ぐに見抜いたようで、だから聖が用を頼まれたあの日、事務所で笑っていた。

沙夜子の、真木の、大堂の視線が加納に集まる。師の前だからか、加納は直ぐに降参のポーズを取った。

「いやぁ、聖は勘が良いな。これならこの後の就職戦線、楽勝かもな」

いささか皮肉混じりの言葉を言うと、ではどの候補が議員として生き残っていけそうとかと、堂々と聞いてくる。まだ機嫌の悪い聖は、当ててみなと言い放った。

「あのな、お前さんの考えが、正解と決まっている訳じゃないんだぞ！」

「なら、聞かなきゃいいじゃん」

「加納、聖の意見は面白かったぞ。電話で党にいる悪友に話したら、いい所を突いていると言っておった」

「オヤジさん、聖の私的な意見、もう党の方へ伝えちゃったんですか？」

サボりがばれてしまった加納が、いささか情けない顔をする。するとここで沙夜子が、加納だけでなく真木も、四人の候補についてどう判断すべきか、考えるように言い出した。

聖が、加納から貰った資料と、己で書き込んだメモを真木にも渡すと、大食いの美女は真剣な表情で読み始める。沙夜子の秘書だから、真木も都内の候補者の事は、既に大体は知っている筈であった。

（加納さんと真木は、次の選挙で誰を推すのが正しいって言うかな）

聖は……四人とも駄目だと言ったのだ！

小山は年齢がいきすぎており、あの性格では、一度落選した後の出直しはきつい。元々基本路線の違う外岡は、他党に鞍替えしそうであった。今回与党となった党の、有名な秘書と会っていたのだ。多分もう移籍の話が決まっていて、だから聖にあれほど、愛想が悪かったのだと思う。

南は区議会議員に再立候補がいいと、聖は考えている。良い候補だが、気合いの入った地域密着故に、かえって広い地域では弱い。そして春居の事を考えた聖は、にやっと笑った。彼は大物政治家の秘書として、暫く鍛えたらいいと言ったのだ。

いきなり国会議員になるには、まだ経験が足りなすぎる。しかし何の援助もないのに、一人で立候補した気概は買える。それに、身内からの投票だけしかなかったら、供託金を取られたに違いない。変に人好きがする、ついでに票からも愛されそうな男なのだ。先々、貴重な新人となるかもしれない。

（さて俺の答え、オヤジは何と判断したかな）

実を言うと、今回ただ一人だけ、聖が次回の候補として推した人物がいた。しかしそれは、四人の元候補ではなかったのだ。

（小山さんの秘書、作田さん）

今すぐ選挙に出ても、当選できる人材だと思った。それに作田であれば、小山の地盤を引き継げる。世代交代、地元後援会も納得する話だろう。

（今日は、沙夜ちゃんの意見も聞けるかな）

聖は、皆が次の選挙の候補として、誰を推してくるか、わくわくして待っている自分を感じ、少し戸惑った。つい今しがた、就職に失敗した原因を聞いたばかりだというのに、あまりそれが気になっていない。

（いや、今更気にしても、もうA社は無理だからいいんだ……けど）

けど、けど、けれど。

地道なサラリーマンとなる為の、真面目さが足りないのではないだろうか。本当にこんな調子で、自分は就職できるのか。ふっと不安が胸をよぎった時、加納が口を開く。

聖は真剣な表情で、その話に聞き入った。

エントリーの四

神、降臨

1

先の国政選挙時、ＷＥＢ上に、神が降臨したとの噂(うわさ)が立った。選挙の投票締め切り前、数多(あまた)の候補者の当落を予測し、それを随分な高確率で的中させた者がいたのだ。

褒めそやす声が高くなると、ネット上には、アンチ神派も出現した。あれは神などではない、外れた予想も随分あったと主張したのだ。

だが政党や議員や落選候補、政治家秘書らは、神の正体を掴(つか)もうと、情報を求めているとの噂が、ネット上を駆け巡る。しかし、神の予想はそれ一回きりで、その正体についての、確たる話は聞こえてこなかった。

ネット上にはその後、何人もの自称神達が現れもした。しかし、某地方選挙の結果を試され、まとめて敗れ去ってしまう。あげく、一部の自称神が素性をばらされ、大騒ぎとなった。

以来、政治の神は降臨していない。

ただ神を捜す声だけが、時々ネット上に現れては、消えてゆくようになった。

2

佐倉拓は至って普通の、十四歳の中学生だ。ただし母死亡、父は逃亡、そして兄が保護者であるという所が、少々変わっているかなと、本人は思っている。

拓の両親は離婚しており、父親と初めて会ったのは、母が入院して、拓の面倒をみられなくなってからであった。しかし当の父親は、ぴんぴんしているにも拘わらず、拓を会った事もない兄に押しつけ、海外にとんずらした。

ある日突然、中学生の弟を養う羽目になった兄は聖と言う名で、兄自身、まだ大学生であった。

「ホント、兄貴はよく、俺を引き取ってくれる気になったよなぁ」

拓は、兄と暮らしている赤羽の家の台所で、ゆで卵を刻みながら独り言をつぶやいた。先ほどその聖から電話があり、就職活動開始後初めて、一社から内々定を貰えたと知らせてきたので、サンドイッチを作り始めたのだ。

何しろ兄弟だけで暮らしているから、簡単な食事くらいは、拓でも作れる。聖はケンタッキーのチキンを買って帰ると言っていた。だから二人で、内々定決定のお祝いをするつもりだと思うのだ。

「でも、もしかしたら『アキラ』へ、呼ばれるかもしれないし」

聖は、弟と自分の生活費を稼ぐため、学業の傍ら、大堂という元政治家の事務所『アキラ』で、事務員として働いている。万事世話になっている故、内々定の事はまず大堂に知らせ、挨拶をしてから帰ってくるのだ。

だが聖が報告をしたら、オヤジこと大堂が、一緒に祝いをしようと言いだし、顔見知りの拓も事務所へ呼ぶかもしれない。いや大いに、可能性がある。それで拓は、持ち運びやすいサンドイッチを、たっぷりと作っているのだ。

「ツナマヨネーズ、ハムとチーズ、卵と胡瓜。よし、上出来」

拓はサンドイッチを三角に切り分け、ラップで包むと、手早くまな板やボウルなどの洗い物を済ませた。家事は慣れたものだ。ゴミ捨てだって風呂掃除だって、拓は自分から分担している。

もっとも兄の聖は、もの凄く忙しいからか、逆に、仕事から家事までさっさと己でこなし、弟に手伝えと言いつけたりしない。弟の目から見ても、なかなか勤勉で、有り難い兄貴であった。

「ま、あの兄貴に、上から目線であれこれやれと言われたら、怖いけど。高校の途中くらいまで、気合い入りで、ぐれてたっていうし」

聖が弟に、決して手を上げないのも、きちんと考えた上での躾とは、少々違う気がする。多分、戦闘能力が違いすぎるので、却(かえ)って喧嘩(けんか)になる事を避けているのだ。

「つまり、相手にされてないというか」

林檎(りんご)をウサギ型に切って、塩水に漬けてから、拓はちょいと口を尖(とが)らせた。ただ、守られるだけという感覚が、最近ちょっと苦手になってきていた。

帰宅後、聖が帰ってくるまで、拓は一人で居るので、最近よくラインやメール、電話をする。その時、己はもう子供ではないと主張するのだが、相手が大人だったりすると、笑い声が返ってくる事が多い。いつぞやもそういう事があり、ちょっと腹が立っていた。

「ねえ、扶養家族がいるからって、兄貴はやたら、堅い会社へ勤めたがってるでしょ？　あれって、どうかと思わない？」

拓は、台所で宿題をした後、電話をかけた。そしてスマホからは、あの日も笑い声が聞こえてきたのだ。

「まあ聖にしてみれば、弟はまだ中学生だ。将来の不安を減らしたいんじゃないのか？」

「あと数年もすれば俺、大学生になるって！　奨学金だって貰えるし、バイトもできるよ」

思わず文句を言うと、大堂大先生……つまりはオヤジさんがまた笑った。

「聖や拓が稼ぐより前に、お父上に、海外から生活費を送らせるべきだな」

兄弟のいい加減な親は、聖へ送ると約束したのに、未だに生活費を送金してきていない。だから聖が己で何とかしようと、がんばり続けているのだ。

すると大堂が、気軽な感じで言ってきた。

「私が手を打ってやろうか？」

父親の居場所も分からないのだ。強引に送金させる事などできないだろうとは思いつつ、拓は気軽に「うん」と答える。

「ほいほい」

大堂も軽く返答して、電話を切った。

秘書の真木とは、大堂より多く電話やラインをする。真木は綺麗なお姉さんだし、二人がつながっている事を、まだ聖が知らないのも、何となく楽しかった。

よって宿題が片付くと、拓は次に真木とおしゃべりを始めた。

「兄貴がどっかの会社から、内々定を貰えそうな感じなんだって。でも、どんな仕事をする会社か、ろくに話しちゃいなかった。本当にそこで、働きたいのかしらん。疑問なんだ」

「へー、内定じゃなくて、内々定、なんてあるのねえ」

電話から聞こえて来た返事は、ちょいとばかり、ずれている。

「聖くん、大堂先生とは、楽しそうに喧嘩してるし、あれで事務所の仕事、結構気に入ってるみたいなのに。本気で辞めるんだぁ」

「うん」拓は頷(うなず)いた。言葉と現実は、ずれるものなのだ。聖が、ぼろくそに評している加納議員と、まめにつきあっているのと同じだ。

「加納さんだって、変なんだよ。兄貴には厳しく当たることもあるのに、よくメールを送ってくるんだから」

二人が内緒で、何やら面白そうな事をやっていたのを、拓は知っているのだ。

「あら、あの二人、そんなに仲良しだったっけ。いつ頃の話？」

「ちょっと前かな。こそこそしてた」

しかも、拓には話せないと断言されたのだから他言できない、政治がらみの話だったに違いない。

「兄貴は、政治関係の仕事、楽しんでるみたいだよね。なのに、本気でサラリーマンになりたいのかな。本当になるのかな」

とても真剣に、真木に聞いてみた。だが、聖の心の内の事だ。真木には分からない。

「それでも拓は、気になってるんだよね？　じゃあその内、私が確かめてあげよう」

真木はそう言って、電話を終えた。綺麗なお姉さんも、中学生の拓には甘いのだ。

兄と暮らすようになってから、親が見捨てていった分を埋めるように、拓は頼りになる大人と、知り合う事が増えている。

それから風呂に入り、明日のお弁当の算段をしていると、またスマホが鳴った。

「あ、小原さんだ」

もう一人の、大人の友達だ。

大堂の元秘書である小原は、大堂から頼まれ、兄弟の為、大人でなくてはできない手続きなどを、長くしてくれていた。今は都議会議員となったのに、小原は変わらず電話を掛けてくるのだ。

だが今日の小原は、珍しくも拓の話をただ聞くのではなく、質問をしてきた。

「聖が最近、加納さんと何やらメールで遊んでるって？　ああ、真木から聞いたんだよ」

小原は、聖と加納が、ファイルのやりとりをしていないか、拓に尋ねてきた。

「聖のパソコンの中は、分からないって？　じゃ、パスワードを言うから、ちょっとパソコンを覗いてみてくれないか」

どうして、聖が使っているパスワードを知っているのか問うたら、大堂から聞いたという。大先生が何故知っているかは……謎であった。

パソコンの中には、確かに加納から送られたり、聖が送ったファイルが、幾つも入っていた。小原はそれを、聖の引き出しに入っている筈の、新しいUSBメモリにコピーするよう、拓に頼んでくる。

「あのさ、いくら何でも、勝手にそんなことをしたら、兄貴が怒ると思うんだけど」

「大丈夫。後で俺から聖に、ちゃんと言っておくから」

そのUSBメモリは、持ち出して欲しいわけではなく、そのまま聖の机の上に、置いておけばいいという。拓はそれを聞いて、ファイルのコピーを承知した。

「でも、勝手にパソコンを触ったって分かったら、やっぱり兄貴、怒ると思う。小原さんだって、拳固を食らうかもよ」

小原は一瞬、スマホの向こうで息を呑んだものの、コピーを止めろとは言わなかった。

(何をする気なんだろ)

聞いてみたが、ちょっと必要としか言わない。拓はその理由が知りたくて、コピーを続けた気がする。

小原は聖よりずっと、地に足がついてる感じの人で、つまりは真面目なサラリーマンに、見えなくもない男なのだ。なのに、元暴走族で腕っ節が強い聖に対し、こういう事をして臆さない。やはり並とは違う。政治家、先生と言われる人種なんだという考えが、拓の頭に浮かんだ。

小原は最後に、聖の就職については心配要らないと、優しく言ってきた。

「聖は大丈夫だ。ちゃんと自分で、将来を決められるさ」

「ファイルのコピー、本当に、悪い事に使うんじゃないよね？」

「誓います、使わないよ」

小原は真面目にそう言うと、だがやっぱり、何に使うか言わないまま、電話を切ったのだ。

（ジブンノタメニ、アニキヒトリガ、ガマンスルトシタラ。イヤジャナイカ）

アパートの階段を上がってくる、聖の足音が聞こえ、拓はひょいと表の方を向くと、笑い顔になった。コーラとビールが冷えているのを確かめてから、玄関へと向かう。

「兄貴、大堂先生は忙しかったの？　一緒に内々定のお祝いをするかもって、思ってたんだけど」

話しながらドアを開け……拓は言葉を途中で切った。聖の後ろに、真木と小原、それに知らない大人が一人、立っていたのだ。

聖が客を家に連れてきたのは、初めての事であった。

3

（弟をきっちり養っていくために、お堅い仕事に就きたい！）

大学三年の聖は、そのことを大目標にして半年以上、就職戦線を戦ってきた。

そして！

今日聖は、宙を歩むような足取りで、事務所『アキラ』にやってきたのだ。長くかかったが、やっと、やっと、お堅いサラリーマンになるための第一歩、就職の内々定を貰えたからだ。

「オヤジ、九時から五時半までの生活を、ゲットだ！」

これで次の面接を受け、内々定が実質上の内定に変われば、先々、ボーナスと退職金と厚生年金を期待できる。浮き浮きしつつドアを開け、和洋折衷、奇妙に贅沢な事務所の中へ目を向けた途端……聖は立ち止まってしまった。部屋から尖った声が聞こえてきたのだ。

「ありゃ……オヤジが前島さんと口喧嘩してる」

大堂は政治家から引退した後も、以前から付いていた政治家秘書を側に置いていた。だが最近いつも側にいる者が、前島などサラリーマンである、大堂の会社の社長室秘書に入れ替わっていた。そのせいか、秘書が手綱を上手く取る事ができず、大堂が好き勝手をする度合いが増してきているのだ。

（オヤジは大物だからなぁ、政治家秘書達は二十四時間の行動を掴んで、面倒を見てた。そうでなきゃ、動きが取れなかったし）

相手が大堂大先生であろうが、政治家秘書達は、無理や無茶を押しつける事もあった。つまり体調管理からプライベートの事まで、がんがん口を挟んでいたのだ。大堂の方も、気に食わなくとも、政治家として必要だと判断すれば、秘書の言葉に頷いてきた。

だが今の秘書達は、サラリーマンなのだ。社長のサポートが仕事だ。前島達が所属しているのは、聖が目指している九時から五時半までの世界であった。

勿論プライベートタイムにも、多少はつきあうだろうが、二十四時間の付き合いはしない。なのに大堂は、昔と同じ調子で我が儘を言うから、サラリーマンの前島は、大堂を持てあまし気味なのだ。

（今日は一体、何のことで揉めてるんだろ？）

とにかく二人の言い合いを何とかしようと、部屋の中に入った時、聖はソファの方を見て、思わず足を止める事になった。

『アキラ』の居間に、三人も人がいたのだ。聖は思わず、端に座る真木へ声を掛ける。

「真木、居たんなら、何でオヤジ達の言い合いを止めないんだ？」

「だって聖、その……大堂先生は今、私の言う事なんか聞いてくれないもん」

妙に、いつもと言葉付きが違う真木は、大堂の妻で、現衆議院議員である沙夜子の秘書だ。

（あ、そうだ。真木は今、頭に恋バナを咲かせてたんだっけ）

暫く役に立たないと沙夜子に言われ、外遊に連れて行って貰えなかった。それで、沙夜子の夫である大堂の事務所に、しばし顔を出しているのだ。

（真木が、恋で変わるタイプだったのは、意外だったな）

次に聖は、都議会議員で、大堂の元秘書である小原へ顔を向ける。そして、ちょいとばかり首を傾げたのだ。

（どうしてここに、小原さんがいるんだろう）

丁度、大堂門下の政治勉強会、『風神雷神会』の一人が、近県の、県会議員の補欠選挙に立候補しようとしている。急な選挙だから人手が必要だし、実務に長けた小原なら歓迎される。その候補は力のある人なのだ。よって今恩を売っておけば、後日の小原の選挙で、きちんと返して貰えると思われるのだ。

（小原さんに暇があったら、あっちの事務所へ顔を出して、力を貸すべき時だよな？）

なのに小原は、大事な選挙を手伝いもせず、『アキラ』へ来ている。

聖は最後に、小原の横に座る、顔を知らない三人目の客へ目を向けた。そもそも大堂が、客人の前で喧嘩をし、素をさらけ出してる事自体、珍しい。来客がある時、大堂はいつも選挙民向けの、涼やかな態度を見せるものであった。

(オヤジも変!)

そう思った時、三人目の人物がさっと立ち上がると、聖へ名刺を差し出してきた。

「ええと、もしかして佐倉聖さんでっか? 自己紹介させてもろて、よろしいか。わいは小原さん、真木さんの知り合いで、佐々木と言います。選挙参謀を、なりわいにしておりまして」

「プロの選挙参謀なんですか! なるほど」

小原がここへ連れてきたのかと、名刺を手にした聖が、思わず低い声を出す。新米都議はソファの上で、首筋を赤くしていた。

(驚いた。選挙参謀を名乗る人が、『アキラ』に来るとはね)

プロの選挙参謀とは、選挙が行われる見通しとなった時、戦略を立て、候補を当選へと導く役目を請け負う者の事だ。

市区町議員の選挙など、狭い地域での地域密着型選挙には、あまり関わったりしない。そういう選挙では、議員候補の仲間や後援会の者が、選挙戦略を立てる事が多いのだ。どぶ板選挙というか、握手、声かけなど、直接有権者に訴えかける活動方法がメインとなるから、地域と関係のない参謀が選挙を仕切る余地が、余りない。

しかし当選に多くの得票数が要る国政選挙や、都道府県の知事選挙などでは事情が違ってくる。最近は選挙のプロを称する人物が加わることも、多くなっていた。

（なるほど、相手は政治のプロだ。だからオヤジは今更、一般向けの爽やかな態度を取らない訳か）

得心はしたものの、にこにこと機嫌良く笑う佐々木を見て、聖は溜息をついた。

大堂は、自身数多の選挙をくぐり抜け、また、その門下に多くの政治の弟子を抱える、有名政治家であった。よって、こういうプロの選挙屋とも関係がある筈と、よく思われるが……実は今まで、この手の男と関わった事は無い。『風神雷神会』の面々は、プロに選挙を仕切らせる事はしていないと、承知していた。

（オヤジは、大いに大いに、おちゃらけてる。でも、気合い入りの頑固者でもあるからなー）

政治家として、大堂は人の意見に耳を傾けはする。しかし、選挙を勝ち抜くためという理由で、選挙時に何を主張するかを、他人に決めさせたりはしなかったのだ。

大堂は選挙に勝つ為のみに動くプロのやり方を、是としていない。ただ選挙のプロ達と戦う手段として、その手法などを、日頃政治勉強会で学んではいた。

「小原さんだって、オヤジの考えは承知してるでしょ？　なのにどうして佐々木さんつ小原へ問う。大堂が不機嫌になったら、益々新人秘書の手には負えなくなるではないか。

するとここで返事をしたのは、小原ではなく佐々木であった。自分が小原に、是非この事務所へ来たいと頼んだのだと言う。しかし。

「選挙参謀として、己の考えを大堂先生へ、売り込みに来たんでは、おまへん」

ここで佐々木は小さく笑うと、『アキラ』を訪問した、とんでもない訳を語った。

「実はですね、自分はこちらの事務所へ、降臨した神を探しにきたんですよぉ」

「は？　神様？」

予想外の話を聞き、聖は一瞬呆然として、黙り込んでしまった。佐々木の正気を疑ってもみたが、当人は小原や、何か様子のおかしい真木よりも、余程まともそうに見える。

「神様が、この事務所にいるって？」

ここで聖はさっと部屋を横切ると、言い合い中の大堂へ、急ぎ確認を入れる。

「オヤジ、まさかとは思うけど、新興宗教にでも入信したんじゃないだろうな？　いや、というより、自分が教祖様になっちゃったとか？」

突拍子もない考えではあった。だが、大堂は未だに諸方面への影響力が大きい、元カリスマ的政治家なのだ。

（神の声を聞いたとでも言えばいい。オヤジなら信者くらい、直ぐに集められる！）

するとだるそうな表情で口元をゆがめた大堂が、ソファに深くもたれかかりつつ、はっきりと首を振った。

「あの世に行ったら、私も仏になるのかな。だが、この世にいる内に、わざわざ数多の信者を抱える気はないぞ」

教祖というものは自称した途端、もれなく数多の悩み事と、縋ってくる信者を抱え込む存在だと、大堂は言い出したのだ。せっかく議員を引退したのに、そんな立場になるのはごめんだと、草臥れた口調で言う。

「オヤジ、本当に妙な活動はしてないんだね？　面倒な事は嫌いだって？　なら、いいけど」

聖はほっとして、一つ頷く。それから、佐々木の方を振り向いた。

「ええと佐々木さん、聞きましたか？　この事務所に神様は、いないみたいですよ」

佐々木は選挙のプロだ。よって、口では違うと言っているが、やはり本当は奇抜な事を言って、大堂へ己を売り込みに来たのだろう。元大物政治家と、お近づきになりたいのだ。だから聖は、これで事は終わったとばかりに、選挙屋に帰宅を促した。

だが、ほっとした途端、今しがたまで大堂と口論をしていた前島から、泣きつかれる事になる。

「聖さん、社長を説得して下さい。昨日から体の調子が悪いと言われて、社長は今日の予定、全てキャンセルされたんですよ！」

ならばと前島は、医者へ行くことを勧めた。だが医者嫌いの大堂は、もう治ったと子供のような事を言い出し、秘書の言う事を聞かないらしい。そんな折りに、プロの選挙参謀が事務所へ来たものだから、益々不機嫌になってしまったのだ。

「体の不調って？　えっ、腹痛？」

聖は口を尖らせると、ソファに近寄って、座っている大堂を見下ろす。そして、素直に医者へ行くよう、優しく諭した。

「オヤジ、秘書さんが困るだろ。今から医者へ行けよ」

「やだ」

「明日までに行かなかったら、往診を頼むぞ。その時はいつもの先生に、でっかい注射を打ってもらうからね」

そう付け加えると、元大物政治家は口を尖らせ、聖へ文句を言い始める。

「聖、お前は就職するんだろう。内々定を貰って、この事務所を辞めるんだろうが。

もう、私の予定を仕切ろうとするんじゃない」
　どうやら入ってきた時の、聖の浮かれた声を聞いていたらしく、大堂は大いに拗ね
た表情を浮かべている。だが聖は、しっかりと肝心な事を念押しした。
「オヤジ、ごねる前に病院へ行こう！」
「行かない」
「オヤジっ、我が儘言わないの」
「前島と話す事だ。聖が口を挟むんじゃないっ」
（その前島さんじゃ、何ともできないから、俺が話してるんでしょうが！）
　聖は大堂と睨めっこをしつつ、こみ上げてくる溜息を、ぐっと堪えた。
　大堂に一番言う事を聞かせられるのは妻の沙夜子だが、現役の国会議員だから、い
つも自身が忙しい。特に今は海外に行っており、亭主への目配りはゼロなのだ。
　こうなると、気まぐれな元大物政治家先生は、なかなか周りの言う事を聞こうとし
ない。サラリーマン新人秘書に、任せっぱなしにしていたら、ある日大堂が〝教祖
様〟になっており、それに周りが気がついていなかったということも、十分あり得た。
（この状態って、結構拙いよなぁ……こりゃ、沙夜ちゃんが帰国したら、今後の対処
法を相談しないと）
　大堂は不発弾と同じで、引退したにもかかわらず、まだまだ影響力というか、破壊

力がある。きちんと管理せず、そこいら辺に転がしておくには、危うい存在なのだ。放置しておくと、佐々木のような、妙な人物が近づいて来たりする。

「やれやれ。なあ真木、義理の姪っ子である真木からも、ちゃんと医者に行くよう、オヤジに言って……」

真木を援軍にしようと、ソファの方へ目を向ける。途端、聖は目をぐっと見開く事となった。先ほどの選挙参謀ときたら、帰れと促されたにも関わらず、まだ『アキラ』に居座っていたのだ。そして何と、真木と小原の側に座り込み、三人で何やら話し込んでいた。

するとその様子を見つけ、大堂が不機嫌そうな声を上げる。

「真木！　お前さんは沙夜子から、暫く仕事に専念して、頭を冷やすように言われてるだろうが。なのに何をさぼって、選挙プロなどと、くっちゃべっておる！」

小原に対しては、気に食わん男を連れてきた阿呆と、文句が出る。前島秘書の事は、役立たずと罵る。あげく聖の顔を見つつ、とどめとも言うべき、大声を出した。

「気分が悪い、気分が悪い、大いに気分が悪いぞ。聖など、商社へでもどこへでも行っちまえ！」

他に就職する気なら、この事務所には居るんじゃないと、大堂は言い出したのだ。

「腹が痛い。全部聖のせいだーっ」

そして『アキラ』にいた面々は、ここで全員、大堂に追い出されてしまった！

聖はぐっと溜息を飲み込むと、仕方なく弟の待つ赤羽の家へ、一旦(いったん)帰る事にする。

自分は大堂の秘書ではないし、大学卒業と共に、『アキラ』を辞めようとしているのも、事実だ。気に入らないから帰れと言われたら、引き下がる事しかできないではないか。

「でも何で全てが、俺のせいなんだよっ」

大堂の言い方が、大いに気に食わなかった。おまけに、具合の悪い大堂を見捨てて帰るようで、自分が嫌な奴(やつ)に思える。

（うーん、そもそも〝神〟なんてものを、探しに来た奴がいるから、いけないんだ）

聖は機嫌を悪くして、共に追い出された佐々木を睨み付ける。高校までの聖であったら、景気よく周りに、当たり散らしているところだ。ぶん殴って蹴(け)っ飛ばして、階段から突き落としたら、すっきりするかもしれない。そう思って三人を見たら、何故だか少し引かれてしまった。

4

恋とは、瞬時に落ちて、周りに迷惑をまき散らす元だと、真木は常々思っている。

いつ落ちるか分からないものだから、当人も周りも身構え用心する事が出来ず、大変だ。だけど、だからって止められないのが恋、であった。

取り憑かれると、バズーカ砲で総身を打ち貫かれたように衝撃を感じ、頭からなけなしの理性が吹っ飛ぶ。そうなると真木は、己でも笑えるような馬鹿をする。世の中の全ての色が気色悪くも、ピンク色を帯びたりもするのだ。

その中で一人、恋しい相手だけが、虹色の輝きを放っているから、蜜に引き寄せられる虫のように、真木は男へ突っ走ってしまう。あげく、今の真木は居るだけで迷惑だというお言葉を、周りから頂戴してしまい、悲しくなったりした。

（だから恋は、危険なのよねえ）

己でも、その危険性はよう く分かっていた。過去に何度か友に呆れられ、ボスの沙夜子から、ひっぱたかれた経験が、真木にはあったからだ。

なのに。

「まあ……注文して作ったみたいな、いい男！」

先日、『風神雷神会』メンバーの選挙応援に行った時、事務所にボランティアで来ていたある男性を見た途端、真木は目に違和感を覚えた。突然視野が狭くなり、その男性一人しか、目に入らなくなったのだ。

身長が百七十五センチ以上で、百八十五センチは超していないと思われるのが、素晴らしい。歯磨き粉のコマーシャルに出ていたのではと思うくらい綺麗な歯並びも、高得点だ。

太っていない。声が渋くて好みだ。そして、マッチョだがしまっているところが、GIジョーに似ていて最高だと思えた。

(凄い、凄い、すごいすごいすごいっ)

真木は元々、つきあう男性の懐具合が、気にならない女であった。亭主に稼ぎがなければ、台所を任せ美味しい食事を作ってもらい(ここ、大事!)、生活費は自分が稼げばいいと思っているからだ。

つまり、目の前のボランティア男性は、ほとんど何も知らない相手であったにもかかわらず、余りにも完璧な人であった。真木はいきなり、恋に飛び込んでしまった。

(まるで誰かが、私の理想を知ってたみたいだ。私の為に彼を選んで、この選挙事務所へ、ボランティアとして寄越してくれたとか)

もっとも、そんな好意を受ける理由など、欠片も思いつかないから、違うとは思う。やれるとしたら沙夜子だが、真木が恋する度に溜息をついている位だから、絶対そんな気の利いた事などしてはくれない。つまり、運命がもたらした恋、であった。

ところがこの恋、楽しい時間は一瞬だけだった。

真木がその選挙事務所に顔を出したのは、選挙終盤、投票日まであと二日という日であったのだ。ボランティアまで忙しい時だったから、恋しい相手の名は江川だと分かっても、そこから先がどうにもならない。

「選挙運動の代わりに、デートしませんか？」

そんな事を言える筈もなく、そもそも余り顔を合わせないので、携帯の番号すらゲットできない。気がついたときは選挙当日で、候補者の当選がさっさと決まり、事務所は解散。ボランティア達も全員消えてしまった。臨時の手伝いである真木は、江川の住所すら知ることができなかった。

（やだ、私ったら、あっという間に失恋？）

何度か振られた事はあったが、かくも短い期間で相手が消えたのは、最短記録だ。とにかく悲しくて何もできずにいると、沙夜子が真木の恋に感づき、また溜息をついた。

唯一（ゆいいつ）の希望は、当選した議員の祝う会であったが、沙夜子と共に顔を出しても、江川はいなかった。

（駄目かぁ）

しかし落胆した途端、真木はパーティーで、佐々木という男から親しげに声を掛けられた。見も知らない相手だから、当然用心するべきであると、真木の頭の半分は冷静であった。

だが右脳が突然反乱を起こし、佐々木に笑顔を向けてしまう。目の前のやたら愛想の良い男が、江川の事を知っていると言ったからだ。甘い言葉が、ずらずらと並んだ。

「江川さん、先日、政治家秘書の真木さんて方と、知り合いになったと言ってました。綺麗な人だと、聞いてましたよ」

「いや、本当に美人ですね」

「江川さんは、WEB上に現れた、例の選挙の神の話に興味津々(しんしん)でね。だからその事について、真木さんとあれこれ話したいそうです」

恋しい男の話は真木の心を、ぐぐっとわしづかみにした。恋バナを咲かせっぱなしの頭を冷やすようにと、沙夜子から小言を言われるよりも、素敵な江川の話を聞く方が、やはり心が潤(うるお)うのだ。

(沙夜子先生ってば、乙女心を、分かってくれないんだもん。恋ってそもそも、浮かれるもんなんだけどなぁ)

だがその佐々木も、話を恋しい江川で埋め尽くしてはくれなかった。佐々木の興味も江川と同じで、突然降臨したという、WEBの〝神様〟に向けられていたのだ。

「あのー、祝勝会の時間は短いんです。妙な神様のことより、江川さんの話を聞けませんでしょうか」

真木とて、WEB上の神の話は聞いていたが、その話題に興味はない。どこかの誰かが、選挙結果をずばりと当てたといっても、それは過去のこと。今更蒸し返しても、当選者が変わる訳ではなかろうと思うのだ。

しかし真木は佐々木から、反対に驚かれてしまった。政治家の秘書が、今この話をしないとは、信じられないと言うのだ。

「選挙の神は、高確率で、事前に当落が分かるんでっせ。凄い事や」

どの政党でも、その神と仲よくしたいと思うに違いない。例えば自分のように選挙参謀をしている者が、その神を手中にできたら、素晴らしい将来を手にする事になる。

「立候補したい人が当選できるかどうか、あらかじめ分かるのなら、こんな楽な事は無い。当選できる候補とだけ、仕事をすればいいんやから」

佐々木は、カリスマ選挙参謀と呼ばれるようになるだろう。もし神と組める政党があったら、間違いなく大勝出来る。いや、その神は、政治の未来さえ変えられるかもしれないと、佐々木は話を大きくしてゆく。

「江川さんが興味を持つのも、当然ですわ。分かりますわなぁ?」

「江川さんというより、佐々木さんが興味津々のように、見えますけど……」

真木が眉尻を下げる。江川は政治ボランティアとして、選挙に参加していたが、政治にのめり込む様子は全く見えなかった。政治のプロであるのは佐々木であり、WEB上の神の話をしているのも佐々木だ。段々江川の話が少なくなってきて、真木は悲しい。

「佐々木さんは、江川さんの住所をご存じなのですか？」

神よりも、こちらが知りたい真木が、正面から尋ねる。だが佐々木は、質問に質問を返してきた。

「それでですね、真木さんは、大堂先生の事を、ご存じですわな？」

「大堂先生？　知りたいのは、江川さんの事なんですけど」

しかしこの時、誠に無粋な一言が、江川の情報を遮ってしまった。

「さっきから何を話しているの？」

沙夜子が二人の側へやってきたのだ。すると佐々木がすっと、その場から離れてしまう。その背を見つつ、沙夜子が問うてきた。

「真木、食べもしないで熱心にお話をしてたけど、今の人はどなた？」

「佐々木さんです」

それしか告げられず、実は政治ボランティア、江川の知り合いであるとしか知らないと白状する。大堂先生の事を聞かれたと言うと、沙夜子が大きく溜息をついた。

世の中には相手を利用しようとしたり、舌先三寸、騙（だま）そうとする輩（やから）もいる。政治の世界に身を置く者は、一段上の用心をしなくてはならないのだ。沙夜子はそう言うと、厳しい表情を浮かべ真木を見てきた。

「真木、頭に恋バナが咲いて、ぼけてきたんじゃないの？　そんな調子じゃ、今度の外遊に同行させるのは、不安だわ。日本に残って、暫く大堂の事務所へ行ってなさい」

夫の下で働き、少し頭を冷やせと、沙夜子は言ったのだ。しかし。

「せんせぇー、頭を冷やしたら、恋バナが枯れてしまうかもしれない……」

それが不安だと真木が訴えたら、沙夜子はまた大きく息を吐いた。

「どうしてあなたは時々、こうなるのかしらね。いつもは頼りになる秘書なのに」

それは、しっかりしてばかりじゃ恋はできないからだと、真木は正直に答えた。乙女の右脳は、そのことを知っているのだ。

すると、真木がそう口にした途端、沙夜子は手にしていた小さなポーチから、長四角のものを取り出し、ぺしりと真木のおでこに、貼り付ける。どうしてそんなものを持っていたのか、それは何と、熱冷ましのシートであった。

（おでこ、冷えた）

悲しい事に、真木は本当に、沙夜子の外遊へ連れて行ってもらえなかった。おまけに、しばし世話になる故、『アキラ』へ挨拶に行った夜、生意気な聖と、キムチチャーハンを前に言い合いをし、大堂から叱られてしまったのだ。

キムチチャーハンと熱冷ましのシートは、真木の楽しき毎日を一変させた。

（ついてないなぁ）

家に帰り、溜息をつきつつ、聖が夜食用に持たせてくれた、山盛りキムチチャーハンを食べていると、拓から電話があった。聖が漬け物を入れた小袋を、チャーハンに添えたので、食べ忘れないようにと言ってくる。

「ありがとさんです。拓は本当に、いつも良い子だね」

電話を切って漬け物に手を伸ばした途端、また突然、スマホが鳴った。何と先だって出会った佐々木が、電話を掛けてきたのだ。驚いて電話番号の入手先を問うと、大堂の元秘書、小原から聞いたと言う。

「まあ、あの慎重で、細かくて、用心深い……つまりは本気で気の小さい、あの小原さんから聞いたんですかぁ」

佐々木は何と、ある選挙事務所で、小原ともたまたま出会ったのだという。「あらまあ」考え込んだ真木が黙ると、佐々木はまた今日も、江川からの伝言を伝えてきた。曰く、WEBで選挙を語った神について、江川と佐々木は、話を重ねたらしい。その結果佐々木は、今、真木が世話になっている大堂の事務所に行き、確かめてみたい事が出来たというのだ。

「どうして私が今、大堂先生のところで働いているって、知ってるんですか？」

「それも小原さんが、教えてくれました」

「へえ……益々意外な」

佐々木は選挙活動のように江川江川と連呼し、せっせと真木の恋バナを、揺さぶってくる。しかし、真木は眉根を寄せていた。

「あのぉ、佐々木さん。何で神様と大堂先生の事務所が、繋(つな)がるんでしょうか？」

「WEB上で、そんな噂があったんや」

カリスマ的政治家であった大堂が、神ではないかという考えは、結構当たっているのではないかと思う。神について、江川と語り合った佐々木は、大堂の事務所を訪問したくて、たまらないのだ。

しかし真木は、この話に眉を顰めた。

「大堂先生が、神？　そうかなぁ、聖はそんな話、してなかったけど」

聖とは誰かと佐々木に聞かれ、大学三年生で、生意気で、でも大層料理が上手い、『アキラ』の事務員だと教えた。すると佐々木は電話の向こうで、戸惑ったような声を出している。

「政治家の事務所の事務員が、料理上手であっても……作る事などないやろし」

「聖には多々欠点があります。けど、聖が作るキムチチャーハンの味は、天下一品なんですよ」

「はあ……？」

真木はスプーンを片手に、聖が神様の話を聞いたら何と言うか、ちょっと思い浮かべてみた。

（一刀両断、馬鹿げた話だって言うだろうなぁ）

それだけではなく、佐々木の事も気に入らないと付け加えるだろう。真木の頭に恋バナが咲いたから、そういう妙な手合いと知り合うのだと、がつんと言われそうだ。

いや、やたらと好みの男が、いきなり目の前に現れたり、そのハンサムの知り合いが、パーティーで突然声を掛けてきたことにも、突っ込みを入れられると思う。

つまり聖は、自分だって大堂に気を揉ませたり、弟を心配させたり、自分自身の事さえ分からなかったり、あれこれ馬鹿を重ねているくせに、真木の事をきっちり叱ってきそうなのだ。

（聖も沙夜子議員みたいに、熱冷ましを、私のおでこに貼ってくるかな）

アタマヲヒヤセ。でも、何枚も額に貼られたら、寒いではないか。

その時、携帯電話の向こうから、佐々木がまた、大堂に会いたい、何とか事務所へ連れて行って貰えないかと、繰り返してきた。

（小原さんが、この話を自分で断らずに、私へ回してきた……）

喋り続ける佐々木の声を聞きつつ、真木は、しばし真剣な表情で考え続けた。

それから。真木は佐々木へ、大堂の事務所に連れて行けるかどうか、秘書の前島に聞いてみると言って、電話を切ったのだ。

その後、チャーハンを美味しくいただいてから、小原と話す為、またスマホを手に取った。

5

小原は、世間が大物と噂する元国会議員、大堂剛氏の元秘書であり、今は都議会議員となっている。

先だって、初当選したばかりではあるが、政治の世界には長くいるので、職務をこなすことに困ってはいない。新人議員にしては手堅い仕事をすると、支援者達に褒められているし、拓の相談に乗る余裕すらある。そう、小原は実務を、ちゃんとこなせているのだ。

だが、しかし。

それでも、小原には悩みがあった。己の事が見えなくなる程、若くはないからだ。

つまり小原は己に、師である大堂のようなカリスマ性が欠片もない事を、早くから気がついていた。

(これって……拙いよねえ)

自分の理想から外れるというだけでなく、議員に個人的な魅力が無いと、これからの選挙の時、大層苦労する事になりかねない。いや実際、秘書時代、周りから実務を評価されていたにもかかわらず、いざ選挙となったら、小原の得票は伸び悩んだのだ。

（もう、あんな苦労はごめんだ）

次回の選挙までに、何らかの手を打っておきたいと、小原は真剣に考えていた。まだ誰にも話してはいないが、できたらいつか、国政選挙にも出馬してみたい。小原は誰かさんと違って、己が何を望んでいるかは、ようく分かっているのだ。ただ、それを叶える手段に窮していた。

すると。小原の腹の内を透かして見たかのように、その心配を減らそうという男が、突然目の前に現れてきた。

男は佐々木といい、小原が知り合いの選挙を助けに行った先で、政治ボランティアとして、選挙事務所で宛名書きをしていた。そして愛想の良い顔で、小原が一番気に掛かっており、何とかしたいと思っている所を、ずばりと突いてきたのだ。

「小原さん、当選なさったばかりですが……将来を確かにするものが欲しいと、今真剣に思っておいででしょう？」

まさか、その通りですとは言わなかったが、一瞬顔が強ばり返答ができなかったから、佐々木は勝手に頷き、サインペンを持つ手を止める。それから、小原が何よりも欲しがっている〝確実〟という言葉を、使ってきたのだ。

「選挙で確実に当選させて下さる神がいたら、どうします?」

「神? まさか、新興宗教への勧誘ですか?」

「違いますよぉ。小原さんなら先だって、WEB上に降臨した神の事を、ご存じやないですか」

「ああ、あの〝神〟のことを、話してるのですか」

佐々木は仕事を放り出したまま、大きく頷く。

「今はブログもチャットもツイッターもありまっからな。選挙ともなったら、誰が当選をするんか、ネット上で話が盛り上がる事くらい、珍しくもありませんが」

テレビでもどの党が優勢か、盛んに話をするが、あれこれ規制があるのか、個別に当落の予想を告げるのは、投票締め切り後と決まっている。だからその時までは、ネット上に意見を載せる者達も、確たる投票状況を摑んで、当落を予想している訳ではないのだ。素人(しろうと)では出口調査など無理だし、後で大もめになる事を承知で、情報を早めに流すマスコミなどない。

なのに。

「ネットの中で、当選予想を、的中させまくった御仁がおりましたよね」

その者の事だとて、最初は数多の予想に埋もれ、ネット上では目立たなかった。しかし開票速報後にその正確さが分かると、随分話題になった。

「よってネット上で、選挙の神の名を奉（たてまつ）られたという訳だ」

「そうですねん。小原さんも、興味ありありでしたか」

　佐々木は腕を組むと、大いに頷いている。しかし……実のところ小原は、興奮気味に話している佐々木ほど、噂の神に会いたいとは思っていなかった。興味が無かったと言えば嘘（うそ）になるし、その神が誰だか知りたい。

　しかし。もしその神が眼前に現れたら、少しばかり怖いとも思ったのだ。

（小原さんじゃ、次の選挙は勝てません）

　もし神様にそんな事を言われたら、小原は自信喪失してしまいそうであった。いや、それだけではない。候補達に何か確かなものを欲しがっている党が、その話を聞いたら、小原を公認しなくなるという事だって、起こりかねない。

（それに、あのＷＥＢ上の神には、候補を当選させる、特別な力があった訳じゃない）

　小原はここで、佐々木がさぼっている宛名書きをやり始めた。こういう仕事は、現職議員の小原の担当ではなくなっている。しかし、ずっと実務を担当してきた小原には、慣れて落ち着く仕事であった。

　昨今ＷＥＢ上では、すぐにカリスマだの神だの、驚く程凄そうな言葉が使われる。しかし、その本質をよく見極めないと、言葉そのものに誤魔化されかねないと、堅実一本の男は、己に言い聞かせる。

（そう、あのＷＥＢ上の神は、大層、議員候補の当落を見極めるのが上手い者で……それ以上でも、それ以下でもなかった）

だが、小原が黙り込んだのを、神の話に引き込まれた証拠と思ったのか、佐々木は封書を横に押しやり、話に腰を入れた。

「それででんな。自分も、神がどういう御仁なのか、考えたんですわ」

マスコミのフライングとは、思わなかった。当落を予想されたのは、中途半端な数の選挙区だったからだ。マスコミならば、きちっと全部の当落を予想しそうな気がした。

しかし、数多の当選者を言い当てたのだから、素人判断とも思えない。そして、政治評論家などが、名前も出さずに予想をする筈もなかった。

「で、わては考えました。どこかの議員さんが、こっそり当落の予想をしたんじゃないかと。それが、ＷＥＢ上に流れてしまったのかもしれんと思うたんですわ」

予想をした当人は、元々それを公表するつもりではなかった。だから評判になった後も、姿を現さないのではないかと。

「ああ、わては何と、鋭いのか。いやぁ、もっと謙遜を覚えんと、この先天狗になりそうですわ」

「もう、十分なってるかも……」

「はい？　何か言われましたか？」

「いいや、何も」

小原がそらっとぼけると、佐々木は機嫌良く、話を続けてゆく。では、どういう議員が予想をしたのか。

「選挙の当落について、神と称される程当てられる御仁が、どこかの党にいたとします」

その場合、上手くやれば党は議員数を増やす事も可能だと、佐々木は思う。落ちると思われる候補など、立候補させなければいい。金と可能性を、有効に使える。

「ですがねえ、与党も野党も、最近なかなか安定せんのですよ」

少数野党で好調な所はあるが、あっという間に、大政党に化けるところまでは、いっていない。つまり、突出している党は無いのだ。佐々木は妙に、政治に詳しかった。

「となると、やっぱり神は、議員ではなかったという事かな？」

小原が問うと、ここで佐々木が、にやっと笑った。

「いや、実はいっこだけ、当選者を続出させている団体があるんですわ」

政党ではなく、政治家の勉強会であった。しかも国会議員だけでなく、地方議員や首長なども含めての団体だったから、散らばっており、目立たなかったのだ。

だが佐々木は、どういう者たちが伸びているのか、直ぐに分かったと胸を張る。ここで佐々木は、小原へぐっと顔を近づけ、その目を覗き込んだ。

「最近選挙に強いのは、引退された大堂先生の門下生方ですな。『風神雷神会』という政治勉強会の面々が、数を順調に増やしてまして」

「へえ、そうですかね」

その一員であるのに、大いに苦労して当選した小原は、苦笑を浮かべる。

「そうなると、神の候補として一番に考えられるのは、会の主宰者です。大堂先生ご本人なんですわ！」

引退し暇ができたので、大堂は当落の予想をやったのかもしれない。

「わては大先生が、どうやって当落を予測したのか知りたいと、真剣に思うてますねん。ただの当てずっぽでは無しに、何ぞ決まった方法があるのかもしれません」

そのやり方を聞きたい。佐々木は何としても、知りたいのだ。

実は佐々木は、大堂との面会を、正面から申し込んだのだと言った。だが、あっさり断られてしまった。しかし、諦めきれない。

「こうなったら門下生と知り合い、大堂先生を紹介してくれるよう、頼もうと思いまして」

それで小原に近づいたのだと、驚く程あけすけに言われ、小原は怒るよりも、情けない気持ちを抱えた。小原自身には興味などないが、大堂との繋がりだけは評価すると、そう言われた気がしたからだ。

「無理です。今言われたように、大堂先生は引退されているので」

小原は二束目の封書をまとめると、余分な事は考えず、仕事をするよう佐々木へ促した。今までにも、有名な大堂に会わせてくれと、頼まれた事は多々ある。しかし最近の大堂は全ての話を嫌がるので、今は都合を聞く事なく断る事にしていた。

「それに、そもそも大堂先生が神だとは、思えないんですけど」

佐々木は宛名を書きつつ、佐々木にその理由を告げる。

「そりゃ国政選挙ともなれば、先生も面白がって、議員の当落を考えるかもしれません」

だが、その考えをまとめて、わざわざWEB上に掲載するなどという、手間の掛かることは、面倒くさがってやりそうもない。そもそも大堂は、パソコンを見たり、メールを送ったりすることはできるが、表を書いたり図を描いたりということは、不得意なのだ。それはずっと、秘書の仕事だった。

「WEBに載った当落予想の図は、先生らしくありませんよ」

「だからその、それをお会いして、確かめたいんですわ」

だが言葉を重ねても、小原がいい顔をしないと分かると、佐々木は一段声を小さくした。そして選挙事務所内で、小原だけに、こっそり己の職業を明かしてきたのだ。

「わて、実は選挙参謀を生業（なりわい）にしてます。こう見えても、それで食べていける程の実績は、積んでおりますねん。顔も広うおます」

「選挙のプロなんですか。いや、そういうお人と会うのは、初めてです」

『風神雷神会』の者たちは、余所（よそ）から来たプロに、選挙を仕切らせる事がない。小原も、自分と昔からの支援者、秘書達などと選挙を戦ったのだが……気がつけば佐々木の顔を、じっと見ている己がいた。

（本物かね？　プロに手助けを頼んだら、選挙で楽に勝てるんだろうか）

　そう思った途端、誘惑が目の前に差し出された。

「もし、大堂先生に会わせてくらはったら、次回の選挙で、小原さんに手を貸しまっせ」

　多分、後で調べるだろうが、自分はちゃんと実績のある選挙参謀だと、佐々木は断言する。凄く……もの凄くその言葉に引かれている己を感じ、小原は一瞬、宛名を書くサインペンを止めた。

（手助けが欲しい。選挙で勝てるんなら、選挙参謀の助けだろうが、猫の手だろうが、何でも……全て欲しい！）

　それが、偽らざる本音であった。佐々木を大堂に紹介したら、後で怒鳴られるだろうが、それで次回、選挙に当選できるのなら、構わないと思ってしまう己が、確かにいた。

（佐々木さんが今の私の本音を知るのは、簡単だな。確たるもののない新米政治家なら、思いは同じだろうから）

つい、そんな事を考えてしまう事が悲しい。そして小原は実務に長けているから、己が馬鹿をした場合、その先に来るものが、きちんと見えてもいた。

（佐々木さんを『アキラ』に連れて行ったら、まず聖に怒鳴られるな）

聖は普通のサラリーマンとして、会社に勤める事を目指しているが、卒業までには間があるから、『アキラ』で事務員を続けている。小原の勝手な行動を、見逃しはしないだろう。

（さて、どうするべきか）

佐々木が、分かりやすくも、揉み手をして小原を見てきている。魚心あれば水心でっせと大声で言われているようで、思わず笑ってしまう。しばし考え……心を決めた。

「私は大堂先生の秘書を、とうに辞めています。だから私にいくら頼んでも、『アキラ』には入れませんよ」

聖だとて、プロの選挙参謀など、事務所に入れたりはしないだろう。しかし、『アキラ』に人を連れて行ける者は、他にもいた。

「先生の奥さんの沙夜子議員と、その姪で、秘書の真木さんなら大丈夫でしょう」

小原は、今大堂を動かせるのは、この人達くらいだろうと言い、佐々木に、真木のスマホの番号を書いた紙を見せる。

「でも、沙夜子議員はそもそも、そういう話には力を貸しません。真木に協力させるのだって、きっと、途方もなく難しいですよ」

それでも真木の連絡先が知りたければ、今、渡す。しかし次の選挙で、小原に協力するとの一札を入れてくれたらと、そう言ったのだ。

真木に断られても、小原の選挙には協力してもらう。そういう事であった。

6

「何で、オヤジの腹痛まで、俺のせいなんだっ！」

『アキラ』から追い出された後、聖は赤羽の自宅へ、とにかく戻った。すると、退社時間だからと、さっさと帰宅した前島以外の者が、話があるからと、ついてきたのだ。真木と小原だけでなく、何故だかプロの選挙参謀佐々木も、当たり前の顔をして一緒にきた。

「やれやれ……」

　聖はとにかくやけ食いをしたい気分で、途中の商店街で食材をしっかり仕入れて帰った。今日は大堂の我儘が、一段と酷かったから、怒りでぐっと腹が減ったのだ。

　すると家では、拓が内々定の祝いだと、心づくしのサンドイッチを作っていてくれた。買ってきたチーズとコロッケ、チキンに、ディップ付きのスティックサラダを添え、聖は素早くテーブルに並べる。小原が差し入れのビールを注ぐと、まだ準備中だというのに、真木がつまみ食いを始め、聖に手の甲を叩かれる。

　とにかく皆でテーブルを囲むと、聖の内々定を祝って、まず乾杯をした。

「それでお二人さん、今日はどうして、この佐々木さん……プロの選挙参謀氏を、『アキラ』へ連れてきたの？」

　聖が渋い顔で真木と小原へ問うと、小原がさらりと言った。

「聖、今日の騒ぎの原因はだな、お前さん自身だ」

「はぁ？」

　驚くような話に、聖がサンドイッチに伸ばした手を止める。小原は澄ました顔で、さっさと話を続けた。

「つまりは第一に、聖が安全パイの就職先ばかりを求めて、ばらばらな職種の企業へエントリーするもんで、拓が心配したんだな」

　兄貴は弟を養う為に、好きでもない仕事を選ぶのではないかと、気にした訳だ。

「拓、お前小原さんに、そんな事話してたのか」

「聖、俺はお前さんが未成年の頃から、色々な手続き、代行してきたよな。拓の面倒もみてる。話をするのは、当然だろうが」

「それは……感謝してます、小原さん」

だから小原は今回も、拓の悩み事を聞いた。聖の本心を知りたいとも思ったが、何しろ当人が、自分の事を分かっているかどうか定かではない。

「それで確かめるのに、時間を取られた。で、自分の政治活動というか、有権者へのアピールが減ったら、いつもよりも益々、自分に自信が無くなってきたんだ」

「小原さん、あんた、まだそんな事を言って」

「まあ聞け、聖。すると、そんな時、この佐々木さんが現れてな。プロの選挙参謀だと名乗った」

そしてもし、小原が大堂に紹介してくれたら、プロとして、次の小原の選挙を手助けしようと、そう申し入れてきたのだ。

「おんや、ま」

聖の目が、すっと細くなる。拓がそのやりとりを、びっくりした目で眺めていた。

「佐々木さんは、オヤジさんが、先だってＷＥＢ上に現れた選挙の神だと考えるようだ。だから、会いたいんだと」

「へっ?」

だが既に、秘書を辞めている小原は、佐々木の協力の代償として、真木のスマホの番号を教えた。それで事は、真木へと繋がったのだ。

聖が、サンドイッチとビールを楽しんでいる真木を見る。すると美人秘書は、佐々木と知り合って電話をもらう前に、まず素敵な素敵な江川という男性と、お知り合いになったことを、口にした。佐々木のお友達だ。

「へえ……」

拓が、思い切り妙な目つきで佐々木を見ると、選挙のプロはへらへらと笑っている。

「江川さん、格好の良いお人でしてなぁ。彼もWEBに現れた、選挙の神に、興味を持ってたんですわ」

真木は残念そうに、ボランティアの時しか会えなかったと言ってから、江川の友である佐々木が、小原から真木のスマホの番号を聞いた事。そして大堂に会いたがっていた事を、話したのだ。

「言われるままに、オヤジの所へ、選挙のプロを連れてったの?」

聖に、呆れた口調で言われ、真木は少しばかり頬を膨らませた。

「そりゃ、頭に恋バナ咲かせてたから、そんな事をしたんだって、言われると思うけど。でもね」

真木は元気よくコロッケを食べつつ、白状をする。自身、佐々木と同じ興味を覚えた事も、事実であったのだ。

「つまり、選挙の神は誰なのか、私も知りたくなったのよね」

じきに佐々木から電話があると、あらかじめ小原が知らせてきていた。その時二人は、佐々木が立てた予想について、話し合っていたのだ。それで、興味に取り憑かれ、二人は佐々木を『アキラ』へ、連れて行ったという訳であった。

「大堂先生が〝神〟かもしれないという考えは、良い線いってる。先生なら、結構当落の予想、上手くやれるかもしれないもの」

しかし！　できる、できないの問題ではなかった。真木も小原も今の大堂が、議員候補の当落をＷＥＢ上に載せるとは、どうも考えづらかったのだ。

そして事務所で聖に対し、きっぱり大堂自身が否定するのを見て、それは確信に変わった。

「だ、駄目でっか」

ここで佐々木が、悲鳴のような声を上げる。一瞬の後、佐々木はぐぐっとビールを、自棄飲みしていた。

「間違いないと、思うたのに。『風神雷神会』が関わってる筈やった。わての緻密な考えが、外れるなんて」

すると。佐々木の横に座っている小原が、この時ちらりと、聖のパソコンの方へ目を向けた。いや、その前に置かれているUSBメモリを見ているのだと分かって、拓が目を見開く。ここで真木が、意味深長な感じで笑い出した。

「でも、どこかに選挙の神はいるんですよね」

その人物が、政治に精通しているという、佐々木の意見は、当たっていると思うと、真木は言った。そして、そういう特技を党などが上手く使えば、当選者数を伸ばせるかもしれないという考えも、有りだと思う。そして。

今なかなか勢いがあるのは、一部少数政党と、『風神雷神会』だ。それもまた事実であった。その考えを聞き、佐々木がビールから手を離した。

「でも、大堂先生ではおまへんのやろ？　じゃあ、少数政党のどなたかでっかな？」

するとその時、小原の目がまた、USBメモリの方を向く。それから聖の方を向き直ると、にやにやと笑い出した。

「聖は、以前から議員候補の当落を見極めるのが、上手いよな」

選挙の時、手伝いにかり出されると、聖は時々途中から、変わった事を始めるくせがあった。こっそりではあるが……選挙運動途中、早くも当選祝いの準備に入ったのではと思う事があるのだ。そんな時は、議員候補は必ず当選していた。

「ありゃ、フライングがばれてたか」

ぺろりと舌を出す聖の顔を、佐々木が食い入るように見つめ始める。

「それに、最近加納議員と、ファイルの交換をしょっちゅうしてたそうじゃないか。今、あのUSBメモリに入ってる、あれだ」

すると聖が、眉間にぐっと皺を寄せる。

「小原さん、話は聞いたけど、人の弟に妙な事をさせないで欲しいね」

それから聖は横を向くと、大根スティックを振り、佐々木が何か言い出す前に、ばしっとその希望を打ち砕いた。

「俺は神じゃないよ。ここずっと、就職活動頑張ってるし、家事とバイトもしてる。WEBで、余分な遊びなんか、してないよ！」

「兄貴はきちんと、家の事してるよ」

横で拓も頷き、佐々木は一寸眉尻を下げる。だがここで拓は、机の上に置かれたUSBメモリへ、不審げな視線を向けた。

(そう、兄貴はずっと忙しいよね。じゃあ、その合間を縫って、兄貴が加納さんに送ってたあのファイルって、何なんだろう)

小原がわざわざ、パソコンから取り出せと、拓に指示してきたファイルだ。きっと、意味のあるものに違いない。拓が、メモリから目を離せなくなっていると、佐々木も、同じくUSBメモリを見つめる。それからじきに、その表情を真剣なものにした。

「聖さんは、議員候補の当落を見極めるんが、えろう上手いと。しかし時間は無かった」

だが。『風神雷神会』には、数多議員がいる。ベテランの議員秘書もいる。その内の誰か、パソコンに詳しい者と聖が組めば……もしかしたら。

「そ、そうか。降臨した神は、人でのうても、ええんや」

例えば、『風神雷神会』の何人かが組んで、選挙で当選できるかどうかを、見極めるソフトを作ったとしたら、どうだろう。一旦ソフトができてしまえば、聖に時間がなくとも、神はWEB上に現れるかもしれない。

「じゃあ神は、ああいう物の中に、収まってるんやろか？」

ずっと佐々木が探し続けていた神は、小さなUSBメモリの中に、いたのだろうか。佐々木の目が、メモリに張り付き離れない。聖が口元を歪め、妄想を膨らませるなと、佐々木に釘を刺した。

「一番に、俺は神様じゃない。二番目としては、そんな都合の良いソフトなんか、作れる訳がないでしょうが」

「せやかて……」

「さあ、さっさと食べちゃって下さい。俺は明日、内々定を貰った会社の、次の面接なんです。遅くまで騒ぐ事はできないから」

　すると真木が、急いでサンドイッチへまた手を伸ばし、佐々木が泣きそうな顔になる。その時拓が、お開きになる前にと、急ぎ聖へ、ある報告をしてきた。

「兄貴、実は今日、親父が振り込みをしてきた。やっと振り込み間違いを訂正したとかで、今までの生活費と、これから暫く暮らす分、送ってきたよ」

　だから、拓の生活費を考え、就職先を決める必要は無くなったと言われ、今度は聖が不機嫌な顔になる。

「は、何で親父が、今更？　本当なのか？」

「大堂先生が、動いて下さったんでしょう？」

　真木に言われ、何故大堂が今更関わるのかと、聖が眉をしかめている。知らないと真木に突っぱねられ、聖はスマホを手にした。

「オヤジに真意を聞く」

「兄貴、先生と話している時に、何とかならないかって、俺が頼んだんだ。養育費があれば、兄貴は好きな就職先を選べるじゃないか」

　拓に言われても、聖は納得しない。

「親父の送金なんぞ、つづくかどうか分からないじゃないか！」

　小原が大きく首を振り、佐々木は立ち上がっていた。聖がスマホに、不機嫌な声を向ける。

「オヤジ、今電話しても大丈夫？　聞きたい事があるんだけど」

　ところが、ここで聖が目を見開き、声の高さが変わった。

「電話したくない？　どうして……腹が痛い？　秘書は帰ったの？　いないんだね。オヤジ、だから医者に行かなきゃ駄目だって……オヤジ！」

　聖は切れたスマホを見て、「駄目だ」と一言口にし、立ち上がる。

「オヤジの調子が悪い。これから事務所へ戻って、引きずってでも、病院へ連れて行くよ。拓、一人で留守番出来るな？」

「俺も行く。先生が医者に行くのをごねてるなら、連れ出す手は、沢山あった方がいいんじゃないの？」

　真木と小原も共に行くと言い、既に急いで食べ物にラップを掛け、冷蔵庫に放り込んでいる。聖が佐々木へ、こういう事態だから、今日は帰ってくれと声を掛け……当人が居ないことに気づき、一瞬言葉を失う。

「佐々木さん、いつの間にか帰ったようだ」

　見れば机の上にあった、ＵＳＢメモリが見あたらない。多分間違いなく、佐々木と共に消えてしまったのだろう。

　聖と真木と小原が、目を見合わせる。すると三人が、突然にっと笑ったので、これには拓が驚くことになった。

7

皆は大堂を、強引に病院へ連れて行った。病名は虫垂炎で、大堂は腹膜炎になりかかっていた。

要するに、腹が痛いにもかかわらず、我慢し過ぎたのがいけなかったのだ。直ぐに手術となり、入院が決まる。

病室に戻ってから、医者から叱られ、聖と真木と小原からも小言を食らって、手術をした大先生は、すっかり腐ってしまった。

「完全看護だ。誰も側にいる必要はない。聖、お前は明日、面接だろう？　さっさと行って、内々定でも内定でも、山ともらってこい」

元カリスマ政治家はそう言ったが、聖はまず、明日も議員としての予定がある小原を帰し、ついでに学校のある拓を、家に送り届けてもらう。それから真木に、明日から『アキラ』の事を頼むと、自分は大堂に付き添った。次の日も、入院の細々した手続きを済ませ、コップや寝間着、スリッパなど必要な物を揃え、ついでに病人の愚痴を聞きつつ側にいたのだ。

サラリーマン秘書の前島は、急に予定の狂った大堂の、仕事の調整はこなせたが、それ以外ではとんと役に立たない。とにかく今は妻の沙夜子が居ないので、聖が万事を仕切った。

「聖、内々定後の面接に行かなかったのか。せっかくの内々定が、ふいになったではないか」

「どこかの大先生が、弟の養育費を獲得してくれたんだ。だから就職先を決めるのに、少しは余裕ができたんだよ」

何か言い返そうとしたらしいが、喋ったら腹が痛くなったようで、大堂は黙った。

だが、夜になる頃には大いに回復し、見舞いに来た真木、小原、拓と共に、機嫌良くあれこれ話し始める。

その内、話がWEB上の神や、佐々木の事にまで及ぶと、大堂が、持ち去られたUSBメモリの事は、どう始末を付けたのかと問うてきた。

「さっき、加納から見舞いの電話があったぞ。聖、お前さん、議員の当落予想ソフトを、あいつと作ってたんだって?」

つまり、佐々木が求めていたのは、そのソフトなのだ。

「聖、佐々木が持ち去ったUSBメモリには、神のソフトが入ってたんじゃないのか?」

すると聖は、きっぱり首を振ったのだ。

「オヤジ、噂のソフトを作ったのは、加納さんだよ。つまり俺のパソコンには、そんなもの、入っちゃいなかった」

　聖はメールで、加納が送ってきた質問に、答えただけだ。就職活動中、あれこれ世話になっていたから、断れなかったのだ。

「あらー、やっぱり加納さんの好意を受けるのは、怖いなぁ」

　後でどんな見返りを求められるか、分かったものではないと真木が言い、首をすくめる。ここで聖が、ぶすっとした顔で付け加えた。

「加納さん、自己流の選挙の神ソフトを作ったのはいいけど、馬鹿(ばか)をしたんだ。うっかり者の秘書がいて、加納さんのパソコンに、ファイル交換ソフトを入れちゃったとかで」

　これが、あるウイルスに感染していたものだから、国政選挙を予測した加納のファイルが、外へ流出した。おかげでＷＥＢ上に、選挙の神が現れる事となったのだ。

「つまり、俺も手を貸したソフトを、漏らした訳だ。だから加納さんには、がっつり文句を言っといたよ。貸し、百だ」

「わはは、百とは凄い……痛たたっ」

　笑いながら、大堂はちらりと小原を見た。聖の所に、加納の神ソフトが無かったとしたら、佐々木が持ち去ったＵＳＢメモリに入っていたのは、何なのか。

　すると生真面目(きまじめ)な……生真面目そうな都議会議員は、ＵＳＢメモリには、基本的な選挙戦略が、幾つか入れてあったと口にした。

「その戦略は、間違いではありませんが、政治家なら誰もが知ってる程度のものでして。佐々木さんが持ち出したのは、聖がそれらしく作った偽ソフトですけど……あれを神と言って、選挙事務所に売り込んだら、佐々木さんは、評判を落とすでしょうねえ」

　選挙参謀として、採用して貰えないかもと言い出す。

「えー、神のソフトの元が、入ってたんじゃないの？」

　パソコンの中のファイルを、USBメモリに移した拓が、何だか納得いかないような顔をしている。だがじきに小原を見て、聖を見て、また小原を見直した。

「もしかしたら小原さん、兄貴に事情を話して、USBメモリを入れ替えさせたの？　そして、佐々木さんが誤解して、USBメモリを持ち去るよう、俺には事情を話さなかったんじゃ？」

　拓が、あれには大事なファイルが入っていると信じ切っていれば、佐々木も誤解する。多分そう踏んで、小原は事を進めたのだ。

「それって、何となく酷くない？」

「拓！　兄貴のパソコンへ、勝手に入り込んでおいて、何いってるんだ！」

　聖に睨まれ、拓は黙り込む。自分は聖にぶん殴られたと白状してから、小原はたくましい笑いを見せてきた。

「佐々木さんは本当に、なかなか有名だった。『風神雷神会』メンバーの対立候補を、何人かサポートしてたんです。つまり、ライバルの選挙参謀だったんですな」

だから今回、相手陣営から佐々木を引き離せたら、小原の仲間達は喜ぶ。

「その人達は、次回選挙で私の応援をしてくれると、約束してくれました」

「それで小原さんと私は、拓くんにも協力をお願いして、聖のＵＳＢメモリを、佐々木さんが持って行っちゃうよう、促した訳で。佐々木さん、人の物を盗んじゃいけませんよね」

そう言って、真木が舌を出している。病室で皆が、人の悪そうな表情を浮かべていた。

「おや、おや、おや。そうきたか。小原もたくましくなったもんだな」

大堂は懲りずにまた笑って、痛がっている。それから真木へ、目を向けた。

「そう言えば真木は、いつの間にか恋バナを枯らしたようじゃないか。今回は短かったな」

大堂は沙夜子と共に、義理の姪っ子の恋を何度も見てきているのだ。すると真木は、悲しそうに頷いた。

「それは聖が、少し前に……」

「聖が？」

「俺、沙夜ちゃんから真木の恋バナについて、ちょいと聞きまして」

その後聖は、真木が惚れた江川について、彼と一緒にボランティアをした人から、話を聞きこんだのだ。真木が溜息を吐き出す。

「江川さんは、そりゃあ料理が下手なんですって」

目玉焼きを焼く事すら、危ういらしい。それを告げられた時、聖が作っていたキムチチャーハンなどは、全く無理。つまりは、真木と良い勝負の料理の腕だと告げたのだ。

「私、何故だか急に、正気に戻ってしまって」

やはり真木は、食べる事が大好きなのだ。すると、佐々木と江川が知り合いであること。それに、江川に夢中になった真木の事を、佐々木が利用して来たことが、真木は随分と気になってきてしまったのだ。

「江川さんて、話のきっかけというか、つまりは私への餌だったのかも」

「それが分かったなら、上出来」

大堂は涙が出るほど笑いだし、大いに痛がって、看護師から注意を受ける。そこに、大堂の妻沙夜子から電話が入り、病室に明るい声が流れた。

エントリーの五
電信柱は友か

1

元大物政治家にして、実業家でもある大堂剛は、日比谷に『アキラ』という、ちょいと変わった事務所を持っている。そこへ久々に、新人の事務員が来た。

森之下安夫、三十五歳だ。

身長は百九十センチ近くあって、電信柱と親しそうな、ひょろりとした体型をしている。髪は僅かに長め、少しばかり髭を生やしており、おしゃれな眼鏡を掛けていた。

都内在住、妻はいない。転職した時振られたとかで、恋人もなし。大学出で、前職は同じく事務員という事であった。

「よろしくぅ。ああ、君が就活中の、アルバイト事務員の聖くんね。結構イケメンじゃん。大学卒業まで、まだ大分間があるだろうから、ぼちぼち引き継ぎ、お願いしまあす」

四捨五入すると四十になるというのに、森之下は軽ーい口調の、まるでオネエのような言葉を使った。

「佐倉聖です。お初にお目に掛かります。よろしくお願いします」

聖がことさら、かちりとした挨拶を返すと、ソファで寛ぎ二人を見ていた大堂が、からからと笑い出した。

「聖、何だその喋り方。昔は気合いを入れてぐれてた不良が、じじいのようだぞ」

齢二十一の事務員に、じじいと言い放った大堂は、もう六十を超えている。しかし、どこから諸事に気を配る気力を拾ってくるのか、大堂はまめでおしゃれで細身だ。要するに、未だに女性から声を掛けられる男であり、回りの若手から、羨ましがられる存在なのだ。

『アキラ』の内装を、とても事務所とは思えない和洋折衷、趣味に走った明治風に決めたのも、大堂であった。そのインテリアに影響を受けるのか、この事務所へ来た時、大堂は大概仕事などせず、近所にある宝塚の舞台に通いまくっている。

もっとも政治家を引退し、選挙区を妻沙夜子へ押しつける事には成功したものの、大堂はまだ、所有している多々の会社までは、放り出せていない。よって仕事も雑務も、遊びの根城にまで追いかけてくるので、楽しい『アキラ』にも、あれこれ雑用を引き受けてくれる事務員は必要であった。

おまけに、大堂が『風神雷神会』という、政治勉強会の会長を辞めないでいる。よってその事務員は、大堂門下と言われる政治家達の、阿呆な用を引き受ける羽目になることが、多々あった。

「選挙応援に、政治家秘書代行？　何でそんな仕事を、ただの事務員がするんだ？」

聖は勤めてから、何度も文句は言った。しかし大堂は、並の会社の上司と違い、聖が養っている弟、中学生の拓の事まで、何くれとなく気を遣ってくれるので、強い態度には出られない。よって何故だか聖は今日も『アキラ』で、親しい政治家の事務所へ電話を掛けた後、キムチチャーハンを作ったりしているのだ。

（妙な仕事だよなぁ。だから、俺が大学卒業を機に就職するって言い出しても、次の事務員が、なかなか決まらなかったんだけど）

聖は、森之下の方をちらりと見て、僅かに首を傾げた。

（オヤジが見つけてきたんだ。勿論森之下さんは、『風神雷神会』の会員にあれこれ頼まれても、処理できる人物なんだろう）

前職は事務員だというが、どこからそんな人を、見つけてきたのだろうか。

（本当に、役に立つのかな？）

すると森之下が、聖の考えが聞こえたかのように、掃除の手を止めた。それから『アキラ』で求められる雑用を、さっそくこなし始めたのだ。

「ところで聖くん、オヤジさんから聞いたんだ。弟の拓くん、私立高校でも大丈夫な奨学金を貰う事になってるんだって？」

「えっ……ああ、そうですけど」

勿論森之下は、『アキラ』に雇われたのだから、オヤジは仕事をしてもらう為に、色々喋ったに違いない。聖の、ごくプライベートな事、例えば家族の話だとて、拓の奨学金絡(がら)みとあれば、言わなければならないのだ。

(分かってるよ。だけどさ)

　間違った事はされていないが、聖は森之下に、何か引っかかった。友達どころか、知り合いですらない誰かに、赤羽のアパートに入り込まれたかのような、いらだちを感じたのだ。

(知らない人に、貧乏暮らしを知られて、俺は恥ずかしいのかな?)

　森之下は、聖の戸惑いなど分からないのか、近くのテーブルに座ると、ある書類を広げて見せてくる。

「拓くんの保護者は聖くんで、大学生とアルバイトの兼業だから、収入は気合い入りで少ないよな。一度、こっちの書類を出してみない?　上手(うま)く行けば拓くんは将来、奨学金を返さなくて済むかもよ」

　大堂グループの奨学金には、返金要らずのものがあるらしい。勿論、条件は厳しいという話であったが。

「あ……それは助かります」

「それから、聖くん達のお父さんからの入金、続いてるよね?」

「ええ、驚いてます」

あの、糠のように手応えのない男、しかも外国で活動しているカメラマンの父に、金の振り込みを思い出させたのは、今、ソファで寝転がっているオヤジであった。拓と約束したかららしいが、実際、海外の父親に何をしたのか、未だに分かっていない。

(オヤジが自ら動いてくれたら、こんなにさっさと事が動くんだな。でもひょっとしたら、細かい事は、この森之下さんが片付けたのかもしれない)

聖が少し戸惑っていると、森之下が笑い出した。

「毎月、生活費が入るようになったんだもの。拓くんは暮らし向きの事、もう心配しなくて大丈夫だ。良かったねえ」

森之下は確かに、いや大いに、『アキラ』の奇妙な事務仕事ができるようであった。

「なんというか……森之下さん、手慣れた感じだね。本当に今まで、一般企業の事務員だったの?」

思わず問うと、一瞬森之下が言葉に詰まる。

(あ、れ? 何だろう、この感じ)

聖が片眉を上げると、この時大堂がソファの上で起き上がった。そして、いささか意地悪そうな表情を浮かべ、聖を見てきたのだ。

「聖、人の事を聞いてる場合か? こうなったら自分の事を、考えにゃならんだろうが」

「は？　オヤジ、考えるって何を」

いきなりの言葉に、聖は大堂に向け首を傾げる。

「このまま大学を卒業して、就職するけど？　オヤジも俺がいずれ、『アキラ』を辞めるから、森之下さんを連れてきたんだよね？」

「だから聖、この後、どういう方向に進みたいかと、聞いているんだが」

もう就職する時、弟第一と言う必要はないぞと、大堂は言い出した。いざとなったら、今からでも寮のある学校に転入すればいい。拓は聖と同居すらしなくても大丈夫になったのだ。

拓だって大学を出たら就職し、一人で己の暮らしくらい、支えねばならない。その内、もう兄に縋る歳ではなくなるのだ。

「拓は、自立する道筋が見えた。多分この事務所『アキラ』も、聖がいなくても運営されてゆくぞ」

「え……」

一瞬聖は、正真正銘酷く驚いた顔で、立ちすくんで周りを見た。

弟を養う為、聖は何年も、何としても稼ぐ必要に迫られていた。

ところが。将来にわたっての奨学金をゲットし、親が改心したおかげで、兄貴の苦労は、突然なくなってしまったのだ。

（もう、何が何でもお堅い就職先を見つける必要は、ないんだ……きちんとした福利厚生や、退職金だって、なけりゃないで、何とかなるかも）

自分一人であれば、どうやったって、食べていくくらいは、出来そうな気がする。おまけにアルバイト先『アキラ』には、後任が見つかった。しかも奇跡的に、この妙な職場の仕事を、軽々とこなす御仁であるようだ。

「いや、だからその、就職するよ。俺も大学を出るんだから、きちんと働かなきゃ」

急ぎ、真っ当な事を口にしてみる。しかし、何とも奇妙な感じがしてきて、堪らない。

ここで大堂が、笑ってソファから立ち上がった。そして聖の側へ来ると、何だか面白がっているような表情で、顔を見つめてくる。

大堂はどんどん近づいてきた。

「聖、どんな将来でも選べるんなら、お前さんは何になりたいんだ？」

突然、己自身の夢は何かと、大上段に問われた訳だ。聖は一瞬言葉に詰まり、少しばかり近づき過ぎた大堂から、身を引く。

「俺は……」

何になりたいのだろうか。

何にならなれるのだろうか。

将来の夢なんて、あるのか。

弟の事は抜きにしても、できたら就労した後、出会った仕事に興味が持てたらいいなと、思ってはいた。

聖は就活中の学生として、様々な会社へエントリーし、アルバイトも経験している。そして、世の中には自分が承知しているより、遥かに多くの種類の仕事があるのだと、それだけは分かっていた。

（適当に就職しても、とにかく一生懸命、仕事に精を出せばいい。そうすれば、やりがいが見つかるんじゃないかって考えてた）

とにかく、きちんと毎月給料が入って来る事が、第一だった。世間は真っ当だと思ってくれるだろうし、あのいささか情けない父親は、手放しで喜ぶだろう。聖に、迷いは無かったのだ。

なのに。

（もう拓には、そんな気遣いは必要ないんだ）

拓の奨学金を申請しようと思った時、聖はその金額がもたらす意味に、向き合っていなかったらしい。誰かを支えねばならないと言う事は、大変だ。しかし、自分が居なければならない理由を、与えてもくれる事であった訳だ。

（じゃあ、今や必要ない俺は……あれれ？）

勿論、森之下が入ったからといって、大堂は聖を急に追い出しに掛かる事はない。もしここで、心細いからずっとここに置いてくれと泣き出したら、口をひん曲げた後、苦笑と共に頷くかもしれないと思う。

しかし、だ。

（オヤジは、俺がそんな風に言い出すこと、望んじゃいないだろうな）

正直に言えば、聖だとてそんな将来へ、進もうと思ってはいない。『アキラ』での仕事は面白い事も多かったが、多分仕事のキャリアとしては、他所で通用しないものだと思うからだ。生涯アルバイトをしているつもりはないし、できない。それでは何のために大学へ行ったのか、分からないではないか。

「とにかく……就活を続けるから」

すると大堂が、不思議の国のアリスに出てくるチェシャ猫のような、摑みきれない笑いを浮かべた。

「先々どうするか、心づもりが決まったら、俺に聞かせてくれ。まあ、聖にはずっとオヤジと呼ばれてきたんだ。親代わりとしては、お前さんの行く末は、気になるからな」

誠にもっともな、頭の下がる言葉を、大いに面白がっている風に言う。

「うん……分かった」

聖はそう返事をするのが精一杯な事に気がつくと、呆然として、『アキラ』の居間で立ちすくんでしまった。

2

翌日『アキラ』に、聖の知り合い達が、ご馳走を手に集まって来た。少し遅れたが、拓の奨学金取得祝いをしようというのが、その名目だ。拓は学校が終わった後、事務所へ来ることになっていた。

しかし。

衆議院議員の加納、都議会議員の小原、議員秘書の真木が、忙しい中、わざわざ『アキラ』へ集った真の理由は、明らかに違う。聖は飲み物を出しながら溜息をつくと、居間のソファに座った皆が、興味津々、どんな輩か知りたがっている男を紹介した。

「こちらが森之下さん。新しい『アキラ』の事務員です」

柔らかな表情で頭を下げた男に、三つの遠慮のない視線が注がれる。

「へえ、背が高いんだねえ。妙に押し出しがいいけど、どこの会社の事務員だったの？」

「どういう経緯で転職されたんですか？　ていうか、なんで、この『アキラ』へ来たんです？」

「あのぉ、先生との関係は？　奥様である、沙夜子議員のことは知ってますか？」

何しろ三人と、『風神雷神会』のメンバーは、今までさんざん聖をこき使ってきた。いや、聖と仕事をしてきたのだ。よって、もし聖が就職して『アキラ』を辞め、森之下に交代するのであれば、その者の人となりや、実力の程を知っておきたいのだろう。

すると森之下は問いには答えず、にやにやと笑い出した。

「森之下ですぅ。おんやまぁ、大堂先生が話しておいでだった皆さんが、おそろいで」

「オヤジが話してた？　俺達のことを？」

加納と小原と真木が、僅かに目を細くし、森之下の方へ視線を送る。一件穏やかそうで、しかし不穏なあの目つきを向けられたら、聖ならば臨戦態勢に入るところであった。だが。

（まあ三人とも、新人の事務員を、早々にいびったりはしないだろう）

聖は最近、己の悩みで手一杯なのだ。よって、穏やかならぬ雰囲気を感じつつも、構わずその場を離れた。台所で、拓の祝いにと貰った料理を、盛りつけなければならない。

窯焼きの卵焼きやイタリアンの盛り合わせ、天むすは、拓の好物だ。他に、料理音痴の真木には作らせず、沙夜子が用意したという手料理があり、量も見た目も申し分なかった。

「これなら後は、作っておいた牛タンのシチューと、ガーリックトーストだけでいいか」

大皿に、手早く頂き物を並べてゆく。大堂も間に合うなら、会社から来てくれるとのことだったから、甘いものも、『アキラ』への頂き物の内から出す事にした。

一旦料理を居間へと運んだ後、シチューも温めておこうと、聖は台所へ戻った。しかし、IHヒーターのスイッチに目を向けはしたが、直ぐに手を引っ込める。

「は？　今の声、何？」

居間から突然、大きなやり取りが聞こえてきたのだ。慌てて戻ると、加納が珍しくも顔を赤くして、森之下を睨み付けていた。

「加納さん、どうしたの？」

ハンサムで皮肉屋な議員は、返事もせず、聖を見もしない。結構武闘派である議員は、今にも拳固を振るいそうであった。

「加納さん、ストップ。とにかく座って！」

加納の顔の前で、思い切りばんと両の手を打ってみる。その音に一瞬目をしばたたかせると、加納はゆっくりと聖の方を向いた。

「この新米事務員が、挨拶ついでに、ふざけた事を言い出したもんだから」

つい腹が立ってという声が、いつになく低い。その不機嫌な顔を見て、聖は大きく溜息をついた。

「加納さん、声が聞こえたんだけど、真香奈さんのことを、からかわれたのかな？」

「えっ、ど、どうして聖がその名前を」

顔を引きつらせた加納を見て、小原と真木が声を揃える。

「今さっき森之下さんが、加納さんの地元に、かわいい女の人がいるって言ってたんだ。加納さんのお気に入りとか」

で、真香奈とは誰なのかと聞いてくる。

「加納さんの事務所に、勤め始めたパートさん。地元大学卒。未婚で二十二歳」

「お、おい。地元大学卒って、聖が何でそんなことを、知ってるんだ？」

加納の声に険がある。聖は真香奈の説明を、続ける事になった。

「ロングヘアーで、優しい人みたいだね。確かに加納さんの好みだと思う。いやまだ、それ以上の間柄じゃないよ」

そして、だ。

「真香奈さんがかわいくて、加納さんと気が合う事を、奥さんもとっくに知ってる」

「つ、妻が……何を知ってるって？」

　加納の顔色が、今度は蒼くなる。

「だから、もう少し拙いなぁって状況になったら、彼女に他の就職先を、世話して貰う事になってたんだ。地元の秘書と後援会長が、話を進めてるよ」

　それで収まらなければ、条件の良い縁談を持ってゆくという手もある。とにかくかわいいパートさんの事は、それで何とかなる話なのだ。

「それにしても森之下さん、何でわざわざ加納さんに、真香奈さんの事、言うかな」

　初対面なのだ。いきなり女性問題を話すとは、穏やかではない。だが聖にそう言われると、森之下はやんわり反論した。

「今日は初対面だから、これはサービスですよぉ。議員さんなんだから、もう馬鹿をやらないように、当人が反省しないと拙いんじゃないの？　黙って尻ぬぐいしておくわけ？」

　森之下に問われ、聖は小さく舌を出す。

「実はそのパートさんについては、手を打った時、奥さんから頼まれた事があるんだ。今は加納さんに黙っておいてくれって言われた」

　どうやら奥方は、一番効果的な時に、女の子の話を持ち出すつもりらしい。その経緯を聞き、加納の顔色が白くなった。

森之下が笑い出す。

「そんな話をして、いいんですかぁ、聖くん、加納さんのお友達でしょうに。恨まれちゃいますよぉ」

「加納さんが留守にする事が多い分、奥さんが地元への対応、頑張ってくれてるの。その奥さんをないがしろにしちゃ、選挙の時、大変でしょ」

加納はまだ、議員を辞める気はないのだ。だから、奥さんの意向を叶えるのが一番だと聖が言うと、小原と真木が真面目に頷いている。森之下が真剣な表情を浮かべた。

「成る程。覚えておきまぁす」

「しかし女性の話なんて、どこから漏れたのかね。聖は話してなかろ？　加納さん、新米の事務員に変な噂を掴まれるとは、失態、失態」

ここで小原が、小さく肩をすくめつつ言う。滅多にしくじりをしない加納を、ちょいとからかったのだ。

すると、新米と繰り返された事で、加納よりも何故か、森之下が機嫌を悪くした。小原に茶のお代わりを出しつつ、口の端を引き上げたのだ。

「小原さぁん、人の事は言えないんじゃないですか。だって先日の懇親会で、大きなしくじりを、しちゃいましたでしょう？」

「し、しくじり？」

今まで機嫌の良かった小原が、さっと眉間に皺を寄せる。真木が聖の方を見てきたので、今度は聖も首を横に振った。

「『風神雷神会』の皆さんが、いつも集まっている会館で懇親会を開いた、あの日のことです。選挙区に会社を持っている方々を、招きましたよね」

会の建前は、次の夏祭りに向け、選挙区のある地域間での交流を目指すというもので、大変まったりとした集まりだったらしい。

そしてその実態はというと、新たな後援会員の開拓と、議員達による地域サービスであった。出席者の多くはその後、都内のホテルで行われた、より規模の大きい経済団体のパーティーへと向かったらしい。

「あ、俺と大堂のオヤジは、後のパーティーから出席したやつね」

加納が思い出したらしく、頷いている。

(そんな会で小原さんが、間抜けをしたとは聞いてないけど)

すると森之下は、人が悪そうな表情を作った。

「相手が小企業の経営者だから、忘れちゃいましたか？　実業家の小城さんを紹介して欲しいって、頼まれた筈ですけど？」

「あっ」

小原が、吊り上げられたかのように、ソファから立ち上がった。小城は直接の知り合いではなく、加納の知人なので、懇親会での紹介は無理であったのだ。

　小原はその後の、経済団体のパーティーで、加納にちゃんと紹介を頼むつもりだったらしい。だが会場を移動し、より多くの人と話す内、用件が頭からこぼれ落ちてしまったのだ。

「失態だ。あの加納さん、今から小城さんを、紹介してもらえますか」

　小原が急ぎ頼んだが、加納はその業者なら既に、あのパーティーの晩、小城を紹介したという。

「オヤジさんに、私を紹介されたと言ってたぞ。小原が間に入ったんじゃないのか？違うのか？」

　あの日聖は、就活でいなかった。加納が小原を見ると、都議会議員小原の目は、新人の事務員へ向いていた。何で自分をフォローした事を、今頃言うのかと、恨めしそうに口にすると、森之下は黙って笑っている。

「すっごーい。森之下さん、お仕事できるんだ」

　ここで真木が、大げさな程褒めた。途端、森之下は、その言い方が気に入らなかったのか、今度は真木に妙な話を向けたのだ。

「いやぁ、政治家だというのは、大変な事ですよねぇ」

　議員ではなく、秘書であってもそうだと、森之下は言う。例えば真木などは、難しい立場にいる。雇われている衆議院議員の先生が叔母で、叔父が元大政治家大堂であったりすると、へまをすると、週刊誌などに書き立てられかねないからだ。

「何が言いたいんでしょ」

真木は落ち着いた様子で、先を促した。たとえ、美しい見てくれに似合わぬ大喰らいであっても、真木は折り紙付きの有能秘書なのだ。

ところが。森之下ときたら、その真木をあっという間に、パニックに陥れた。

「真木さん、今の恋は、頂けませんねえ」

「えっ？」

「相手が、二十も年上なのは仕方がない。でも、それくらいの年齢だったら、妻帯者かもしれないと、疑ってみるべきでしょうに」

週刊誌に追いかけられても知りませんよと、意地悪な調子で言ってくる。

「えっ、だって……あいつ、独り者だって」

真木の冷静さは、一瞬で消されてしまった。子供のような泣き顔を作ると、狼狽えて立ち上がり、森之下に詰め寄ろうとする。途端、低いテーブルに足を引っかけ、思い切り蹴ってしまった。

悲鳴と共に、料理が根こそぎ、『アキラ』の居間へひっくり返った。

3

「済みません、済みません、拓くん、ごめんなさい」
半泣きで謝り続ける真木を、小原が宥(なだ)めている横で、聖は素早く、やるべき事をした。

まず森之下の腹に一発、問答無用の拳固を振るう。同僚なのに要らぬ事を口にして、聖の仕事を大量に増やしたからだ。

次に、ご馳走から残骸(ざんがい)へと名前を変えた食べ物を、皆で手早く片付けにかかる。勿論、『アキラ』での仕事を覚えるのに良い機会だろうと、森之下をこき使った。

（皆の気が立ってる。こりゃ、『アキラ』でのお祝い会は、中止した方がいいな）

よって直ぐに拓へ電話を入れ、赤羽のアパートで祝うから、『アキラ』へ来るのは止(や)めるように伝える。予定変更を大堂にも連絡したら、何があったのか、やたらと聞いてきたので、森之下から一時間くらい掛けて、説明を受けてくれるよう頼んだ。スマホから、楽しそうな笑い声が返ってきた。

事の始末が一段落すると、聖は森之下へ目を向けた。

「オヤジへ、今回の一件の、説明に行ってくるんだね。ここからなら歩いても行ける。

〇〇ホテルのバーにいるから」

「えーっ、本当に俺が、報告しに行くんですかいな」

「オヤジは聞きたがってる。俺は話しに行く気なんか、ないぞ。これから拓に、夕飯を食べさせなきゃならないんだから」

「あ、はいぃ」

うなだれる電信柱男を、夕刻の日比谷へ放り出すと、聖はタンシチューの鍋を手に、『アキラ』を出た。加納と小原、真木が同道して、タクシーを拾う。

途中、真木がタクシーの中から、赤羽のアパートへ届けてくれるよう、寿司屋へ注文を入れた。真木のおごりだと言い、スマホから代金を振り込んでくれたので構わないが、次にピザ屋へも、ピザと副菜、ビールを大量に頼んでいた。真木はどうやらこれから、やけ食いをしたいらしい。

アパートへ帰り着くと、拓がテーブルの用意を終えており、心配顔で皆を迎えた。

「さっき、お寿司がたっくさん届いたんだ。真木さんのやけ食い用？　何かあったの？」

「また、恋愛が駄目になった」

聖が的確な一言を言うと、真木が玄関でわぁっと泣き出したので、慌てて広くもないアパートに押し込む。聖がシチューを温めている間に、小原が今日、どうして場所替えになったのかを、拓に説明した。

「ありゃ、大堂先生、『アキラ』へ濃いぃ人、連れてきたみたいだね」

頭からタオルを被せられた真木が、何とか泣き止んだ頃、今度はピザとビールなどが届き、まずはとにかく今日の目的、拓の奨学金取得祝いをする。乾杯をすると、聖が驚いたことに、ジュースを手にした拓は、心底嬉しげであった。

「だってさ、これでおれの将来の為に、兄貴が就職先を狭めたなんて、思わずに済むじゃん」

聖は昔、気合い入りで阿呆をしていた。しかし弟を養っているせいか、今は反対に、妙に堅い。

しかし、だ。大堂に費用を出して貰っている関係で、勉強は頑張らざるを得ないから、大学の成績は良いのだ。そして、『風神雷神会』の面々に、面白半分に強制され、運転免許や簿記資格、調理師免許を持っている。その他、何の為に取るのかと、当人が聞いていたものまで資格を取得しているから、弟のひいき目からみれば、聖はお買い得な大学生なのだそうだ。

すると拓の、ひいきの引き倒しを聞いた加納が、にたっと笑うと、聖の肩をばんばんと叩いた。

「聖は本当に、立派な大学生らしいな。弟の期待に応える為にも、就活、頑張れよ」

　聖が渋い顔になったものだから、拓は首を傾げる。

「あの、兄貴、どうかしたの？」

「いやぁ、就活中の大学生には、迷いがあるのさ。そいつを語りたいところじゃあるが、今日は駄目だな。この後は、あのとんでもない事務員の事を、話さなきゃならん！」

　加納が、その為に河岸（かし）を変えたと言い出すと、テーブルの向かいで小原が頷く。真木はピザのMサイズを一枚、端からどんどん齧（かじ）りつつ、片手にビールを持ち、聖を見てきた。美女はどう見ても、早くも目が据わっている。

「まず最初に確認しておきたいな。いつも色々知ってる聖くん。あの森之下さんに、私の恋バナについて、話してないわよね？」

「真木、真木が今、誰と付き合ってるかなんて、俺は知らないよ」

　美人なのに、何故だか結構まめに振られてるからと付け足すと、缶ビールで殴られそうになった。

「兄貴、真木さんの彼氏、今年はまだ二人目だよ」

　集まったメンバーのメール友達である拓が、寿司を食べつつ真面目に言うと、小原が下を向いて、一瞬噴き出した。真木に睨まれ、小原は慌てて言葉を継ぐ。

「それにしても森之下さん、気味が悪かったなぁ。俺が忘れてた失敗を、あいつがフォローしてたなんて」

「森之下さんが首を突っ込んだ件、俺達の誰が承知してたんだ？」

ここで聖が確認してみると、小原の失敗の件は、加納は委細を知らず、始末に関わっただけだ。聖、真木は全く知らなかった。

加納事務所のかわいい事務員の事は、聖が承知していて、真木、小原は耳にしていない。

真木の新しい恋バナの事は、聖も加納も小原も、知らずにいた。

「あの新米事務員、どこから全部の話を摑んだんだろ？」

ビールばかり飲みつつ、加納が眉間に皺を寄せる。聖が、口をとんがらせた。

「おまけにあいつ、うちの駄目親父(おやじ)の事も、オヤジから聞いてるんだ。『アキラ』へ来たばかりなのに、人のプライベートを知るのが、早すぎない？」

事務作業をするのに必要だからと言われれば、言い返す事は出来ない。しかし。

「早くも身内っぽい発言をしてるとことか、上から目線の言いようとか」

森之下は、大いに、あれこれひっかかる男なのだ。すると小原と加納が、大きく頷いた。

「今晩の要らぬ口だしの件、腹が立ったぞ。出来れば、一矢(いっし)報いたいね」

「賛成」

だが聖は、その件について話し出す前に、真木の前にあるピザを、急ぎ取りあげた。放っておいたら、真木が箱ごと全部抱え上げ、胃の中へ入れかねないからだ。

「真木、頼むから一種類の食べ物だけ、食べ続けるのを止めてくれ。加納さん、酒ばかり飲んでないで、何かつまんで。体に悪いよ」

ここで拓のスマホが鳴った。だが拓は、メールがきたのに小原と話すのを止めず、返事も打っている。

（よく、無茶苦茶な内容にならないもんだ）

聖は片眉を上げ……その時、急に小皿をテーブルに置いた。

「あ……分かっちゃった」

あの新米事務員、電信柱男がどうやって、皆の情報を手にしたのか、その訳が突然ひらめいたのだ。途端、拓以外の三人が、食べ物とグラスを置き、聖へ詰め寄る。

「聖、この加納が、貸し三つ覚えておく。確かな話を言えよ」

「聖くん、以前の沙夜ちゃんの貸し、ちゃらにするから説明して。あれは真木への貸しじゃないって？　構わないから」

「拓くんへのお世話、ずっとしてきた分、精算します。聖くん、聞かせて下さいな」

温厚な小原まで、何時になくきっぱり聞いてくる。すると聖は、まずその小原へ、顔を近づけたのだ。

「小原さん、あのね、原因の一部は、小原さんにあったと思う」

「はい？　俺ですか？」

「だからさ、経済団体のパーティーに行った日の事、話したでしょう？　拓には」

つい先程、何でも喋っていたようにだ。

小原と拓は、しょっちゅう連絡をとっていた。いや小原だけでなく、後の二人も、まめに拓とラインやメールを交わしている。兄弟二人暮らしの拓に、家族の代わりに目を掛けてくれている、ありがたい者達なのだ。

「小原さんは多分、最初の懇親会の後、拓にメール、送ってる筈だよ。その時は、頼まれ事をした話も頭に残っていて、拓に伝えたんじゃないかな？」

拓は特別な話とは思わず、覚えていたのだろう。

「兄貴、それは……あ、ホントだ。メールが残ってる」

拓が慌てて、スマホの履歴を確かめている。

「真木も、俺には言わない恋バナの話だって、拓には話してる筈だ。お姉さんの年齢だと、中学生相手なら、気恥ずかしさも減るからな」

「減りはしないと思う、けど」

真木の言葉を無視し、聖は話を続ける。更に言うならば、自分も加納の話題を、夕食の支度中、弟に喋った記憶があった。だがここで、拓が慌てて兄の言葉を遮る。

「兄貴、おかしな事言わないでよ。おれ、その電信柱男さんなんて、知らないよ」

だから、小原や加納や真木の話を知っていても、それを伝える訳がないのだ。しかし聖は弟に、もう一人いる、親しい大人の友達の名を思い出させた。

「オ、ヤ、ジ、だ。拓、大堂大先生に、あれこれ話さなかったか？」

「えっ……その、覚えてないよ」

何故なら、いい年をしている大堂は、メールを打つのを億劫がる。ラインはやってない。だから大堂とは、電話で話をする事が多かった。

「何をどう話したかなんて、全部は覚えてないよ。その、おれ、みんなの秘密、話しちゃったのかな？」

「多分、そうだろうな」

それ以外に、森之下が小原の失敗を摑めた理由を思いつかない。森之下は『アキラ』に採用される前で、勿論あの日の懇親会に出ていなかった筈だ。真木が頷く。

「もし『風神雷神会』の会合に、『アキラ』の新人事務員がいたなら、懇親会で、ちゃんと紹介された筈だものね」

大堂の根城へ、新しい事務員が来たとなれば、『風神雷神会』では話題になる。

「でも、そんな紹介は無かったんでしょ？」

「つまり、大堂先生が情報源なんだ」

ここで大堂の元秘書である小原が、キッチンテーブルの椅子の背にもたれ掛かり、大きく息を吐いた。

「人は隠し事を抱えている時、先生と話しちゃ駄目なんだ。見事に全部、聞き出されるぞ。昔っからそうだ。私は身に染みてる」

有名政治家は、伊達にのし上がった訳ではないのだ。皆が、目を合わせた。

「あの新米森之下の陰に、大堂先生が控えてるって事か」

大堂ならば加納や小原、真木、それに聖まで出し抜いても、不思議ではなかった。確かにそれなら、今回森之下が妙に冴えていたのも、納得がゆく。小原が頭を抱えた。

「あー、先生があいつの味方なんて。暫く、あいつに強くは出られないぞ」

「大堂先生はその内、沙夜ちゃんに、私の恋バナのこと、話しちゃうかな？　そうなったら私、また叱られるかも」

拙い恋の話が、上司である叔母に伝わらぬよう、真木もしばし、大人しくしているしかない訳だ。加納に至っては、事をなるだけ平穏に収めるべく、奥方にバッグの一つも買う事になるかもしれない。

「ご、ごめんなさいっ。こんな事になるって、思わなかった。ごめんなさい」

拓が身を小さくしたものだから、兄貴である聖の片眉がぐっとつり上がった。そして直ぐに、今日は拓のお祝いなんだから、しょげていないでもっと食えと、弟の頭に手を置く。

それから腕組みをして、ちょいと怖い顔になった。

「なあ、今回森之下さんに情報を流したのは、間違いなくオヤジだと思う。でも、そんな事するなんて珍しいよな」

すると、食べる気が吹っ飛んでいたらしい加納が、椅子に座り直す。

「そういや……そうだな」

「オヤジは大概、皆を平等に放っておく。門下生は多いけど、誰かに力を貸すどころか、失敗の尻ぬぐいだって、そう簡単にはしてくれないだろ？」

『風神雷神会』の、有力な後援会関係者の為に動いた時も、実際の始末は聖にやらせている。門下生の選挙時とて、聖を貸し出している。つまり最近大堂は、自分で応援演説一つしていないのだ。

「弟子に自力で解決する力を育てたいなんて、もっともらしい事を言ってる。けどオヤジは気合いの入った、ただのずぼらなんだ」

「妻である沙夜ちゃんも、そう話してたわ」

真木が頷くと、皆の眉根が揃って寄る。拓が、全員の心の内を代弁した。

「ならどうして大堂先生は、事務員の森之下さんにだけ、自分で手を貸したの？」

何故あの男のみ、特別扱いなのか。

皆が黙り込んだ、その時であった。真木のスマホが、急に鳴りだしたのだ。相手の名を見た途端、真木が目を半眼にする。とにかく出ると、一秒も経たない内に、喧嘩腰の話が始まった。

「この嘘つきーっ。あんた、既婚者なんでしょ。どういうことよっ」

五秒で怒鳴り合いに変わったものだから、聖が顔色を変える。

「真木、止めろ。アパートから放り出すぞ」

「私の横で、男の声がするって？　アホ言う前に、結婚してるあんたは……聖、言葉をかけないで！　話がごちゃごちゃになるわ」

「騒音問題を起こす気か？　アパートの全部の部屋へ、真木が菓子折持って謝りに行けよ」

「黙んなさいよっ、何であんたが……あ、違うの。聖に言ったんじゃなくって。ああ、もうっ」

「真木さん、綺麗な人が怒ると、怖い。止めて下さい」

怒鳴るより、褒めた拓の言葉が効き、真木が黙り込む。そして……ここ何回かの恋では、最短の時間で決断をし、相手に別れを告げたのだ。

スマホを問答無用で切ると、真木は泣きそうになった。だが堪えると、今度は閻魔様の親戚のような、怖い表情になる。そして恋バナモードから、仕事モードに切り替わった。

「恋がぶっ飛んだのも、ご馳走を駄目にしたのも、全部、森之下が悪いって気持ちになってきた。あいつの事を調べましょう」

今日の勝負は森之下の全勝であり、このままだと、皆あの男に対し、何となく分が悪くなる。だが、今この瞬間、男と別れたばかりの真木は、怒りをエネルギーにして、何としても、そんな立場にはなりたくないと言い出した。

「絶対に、負けっぱなしにはしないわ！」

「我々が調べるべき事は、森之下がどこの誰かという事。そして、どうしてオヤジがあいつを、特別扱いしているのかという謎だね」

聖の言葉に、全員が頷く事になった。

4

次の会合までに、四人はそれぞれ森之下を調べると約束した。どうせ拓も、話を聞きたがると思われたので、学業と就活と仕事で忙しい兄に代わって、拓がスマホでそれぞれの報告を受け、まとめる役目を引き受けた。全員が等しく目を通す為、スマホで話すよりも、文章で残す事にしたのだ。

すると、思ったよりも早くに集まる報告に、拓は目を見開く事になった。兄だけでなく、全員が忙しい事を十分承知していたから、本気で驚いた。

「政治を志す人って、ホント、タフだな」

最初の一報は、加納からだった。

・加納より拓へ。

多分間違いなく、これが誰よりも早いメールだと思う。

拓、私は最初、オヤジさんがさらりと森之下の事を教えてくれるんじゃないかって、期待したんだ。思い煩うより、存外事が簡単に運ぶって話は、あるからな。それで、『アキラ』へ行って、あいつが部屋内に居ても構わず、真正面からオヤジさんに聞いてみたのさ。

森之下は、一体どこの誰なのかと。

すると大堂のオヤジさんときたら、にやにや笑うだけで、返答をはぐらかしたんだ！

つまり、だ。森之下の前歴は、ごく普通の会社員じゃないらしい。もし、並の企業の事務員だったら、オヤジさんが隠す理由がない。そうだろ？

つまりオヤジさんはわざと、森之下の前歴を偽った事になる。恐ろしい話だな。私や、真木や聖、小原さんに、堂々と嘘をついたんだぞ！

しかし、だ。考えてみれば、オヤジが我らよりも、採用したばかりの事務員、知り合って間がない人間を優先するってえのは、妙な話なんだ。新人をそんな風に扱うなんて、オヤジさんらしくない。

それで私は、結論を出した。つまり森之下は、前々からオヤジさんと、繋がりがあるに違いないと。

で、私は知り合い達に、『森之下』という人間がオヤジさんの回りに居なかったか、聞いてみることにした。間違いなくこの線から、情報が入ってくると、確信してた。私って、冴えてるからな。

ところが、だ。

そのだな……何をするより先に、災難が突然降って湧いたんだ。つまりだ。急に妻が、かわいいと噂の事務員について、私に聞いてきたんだ。

焦った。困った。狼狽えた。よって当面、この重大問題に、専念しなくてはならなくなったんだ。

そらっとぼける。妻の話をじっくり聞く。素直に謝る。愛していると言う。とにかく全ての力を結集して、事に当たっている。明日、本当に鞄屋へ行って、事の収拾を図る羽目になりそうだ。

しかし、だ。うちの事務員真香奈さんの話は、聖が仕切って収まる予定だった。なのに森之下はどうして急に、そいつを蒸し返したんだろうか？　何だか真木のように、怒りが腹の内に湧いてきている。

とにかく鞄を買って、仕切り直すよ。

拓、宿題早めにやれよ。調査続行中。　　加納より。

・小原だ。もう誰かから、メールは届いたかな。

拓、俺は森之下のこと、サラリーマンじゃないと思ってる。ありゃ、事務員じゃないよ。ああいう人を事務員と言って憚(はばか)らないのは、オヤジさんが並のサラリーマン勤めを、したことがないからだな。

どちらかといえば、同業者の雰囲気があると、俺は考えたんだ。

何しろ、政治家の事務所に中途採用されたんだから、経験者の可能性が大きい。オヤジが使う事にしたんだから。

よって俺は、森之下が以前、政治の世界にいたと仮定して、どこの誰か調べてみたんだ。

一昔前であれば、たった一人での調べ事は、大事だったに違いない。しかし、今はインターネットの世界が、携帯やパソコンの向こうに広がってる。結構やれると踏んだのさ。

ああこのメールに、確認用の名簿のファイルを添付しておくから、聖にも見せてくれ。皆へ、ファイルを配ってくれてもＯＫだ。

まず一に、森之下は衆議院議員、もしくは参議院議員じゃなかった。さすがにそれくらいは、既に分かってたがね。

次、都道府県の長と、議会の名簿をチェックした。数がぐっと多いから、ちょいと手間だったぞ。だがどの名簿も、パソコンで簡単に見る事ができるんだ。結果、森之下安夫は、当てはまらなかった。

ただ、この後の作業が進んでいない。次は市議会、区議会、村議会の議員と、市長、区長、村長だけど、これは相当な数になる。全国の市議会、区議会、村議会の議員名簿を集めたサイトっていう便利なものは、俺には見つけられなかったんだ。

個別の市や村を検索すれば、名簿は出てくるのかもしれんが、仕事の片手間にやってたら、秘書から自分の仕事をするようにと、睨まれちゃったよ。急に、あちこちから頼まれ事が、増えたんだそうだ。

よって俺の調査は今、ここで止まってる。この辺が限界かな。考えてる。

小原より。

拓はメールを読んだ後、スマホ画面の前で、大きく首を傾げた。

「そもそも全国に、幾つ区や市や村が有るのかな？」

拓は把握していない。最近市町村は合併も多いし、議員数が動く事もあるだろう。しかも、そこまでして調べてみても、地方議員の中に、森之下が確実にいるという保証はなかった。本当に政治関係者であったとしても、彼は議員ではなく、その人達に雇われている者かも知れないのだ。ボランティアという事も、あり得た。

「大変な調べ物だなあ」

拓が一息つき、ウーロン茶を淹(い)れていると、スマホが鳴る。また画面に目を戻した。

・拓くん、真木です～。
拓ぅ、今回の恋バナの件が、沙夜ちゃんに分かってしまいました。随分早いよね。無茶苦茶早いよね。

白状します。今回は、きつく叱られました。沙夜ちゃんは厳しい表情を浮かべてて。私、もの凄(すご)いお目玉を食らっちゃいました。

ホント、あんなに怖い沙夜ちゃん、久しぶりに見ました。

あげく罰として、事務所の掃除を毎日やる事になったの。私家事が苦手だから、他の事が何も出来ていないの。森之下さんの事も、全然調べられてません。

それにしても拓、沙夜ちゃんにばれるのが、本当に早すぎる。誰かがわざと、ちくったんだと思うの。

誰が何の為にしたのかな。森之下さんが、わざわざばらしたんだろうか。

可能性があるのは、森之下さんと大堂先生くらいなのよ。だから、たまたまお会いする事があったので、思い切って先生の方に聞いてみたの。そしたら、先生ははっきりした事は言わず、逆にお説教してきました。

先生は私に、将来の事、考えてるのかって聞いてきたんです。聖くんと同じく、馬鹿だそうです。

沙夜ちゃんは、いずれ姪で秘書の私に、自分の地盤から立候補してほしいと思ってる筈だ。それ、分かってるのかって言われました。

血縁というだけじゃなくって、私は大食らいだけど、政治活動に向いてるらしいんです。だから秘書でも、今から自分の身辺には気を遣っておけって。

沙夜ちゃんは、姪が男に振られる事には目を瞑っても、相手が妻帯者であったら許さない。真木に雷を落とすのは、当たり前だと言われました。

いつか自分が選挙に出た時、他候補にその恋愛経験がばれたら、確実に突っ込まれるって。もし対立陣営に居たら、真木は相手の候補の不倫を、選挙で糾弾するだろうっておっしゃったんです。確かにその通りで、私、下を向くしかありませんでした。

こういう訳で、今、ほとんど調べは進んでません。これから何とか、頑張ってみます。

拓へ。

丁度拓がメールを読んでいる時、聖は家に帰ってきた。三人から早くも一報があったと聞き頷くと、コーヒーを淹れた。それから、ちょいと真木のメールを覗き込むと、聖は唇を尖らせた。

「三人とも、何故だか問題が起こって、調べがつっかえてるみたいだな」

「ねえ兄貴、もしかして誰かが……森之下さんの事、調べられないようにしてるのかな？　だから真木さんも恋バナ、ばらされたの？」

「うーん……どうだろう」

確証はない。

すると拓がスマホを手にし、大堂本人へ電話を掛けたのだ。

「あ、大堂のおじさん、おれ、拓」

あっけらかんと挨拶をすると、拓は一言いってから、そのスマホを聖に押しつけた。

「兄貴が、聞きたい事があるんだって」

慌てたのは聖だが、弟の手前、情けない素振りは見せられない。精一杯の落ち着きを装うと、聖は真木が、早くも沙夜子から大目玉を食らった件を話した。すると大堂が、それは早かったなと言い笑い出す。

「あ、やっぱりオヤジが沙夜ちゃんに、話したんじゃないんだね」

『なんだ、その確認電話か。じゃあ聖は、誰がばらしたと思ってるんだ？』

「森之下さん」

今回は即答している自分がいた。また、大堂の笑い声が、聞こえて来る。

『おや。じゃあ、あいつが何でそんな事をしたのか、分かっているか？』

「……ちゃんとした、理由があるの？」

この返答は拙かったらしく、「聖の、あほー」という、元大物政治家とも思えぬ言葉が返ってきて、携帯が切れる。眉間に皺が寄った。

「あんの、くそオヤジ！　拓、真木の恋バナをオヤジと沙夜ちゃんに話したのは、森之下に決定だ」

笑われたので、このまま、じっくり新米事務員を調べてゆく気が、吹っ飛んだ。聖は自分のスマホを取り出すと、仕事の為に聞いておいた番号へ掛けた。直ぐに森之下が出る。

初めてくれた電話だとか、挨拶だとか、あれこれ言うのを遮って、聖ははっきり問うた。

「森之下さん、オヤジに確認した。何で真木のこと、沙夜ちゃんに言っちゃった訳？」

一瞬黙り込まれる。しかし形状記憶合金のように、直ぐに立ち直った電信柱男は、落ち着いた声を返してきた。

『真木さん、今回だけでなく、妙な恋愛を繰り返しているみたいじゃない。一回、きちんと叱られた方が良さそうだ。新人事務員の、善意のご挨拶だ』

聖は、ぐっとスマホを睨んで、頭の中で一から十まで数えた。気を落ち着けると、大堂が言った言葉を思い出す。

「あいつが何でそんなことをしたのか、分かっているか？」

一つ森之下に問うた。

「もしかしてさ、森之下さんが俺達に絡んでくるのって、力関係決定戦でも、しているつもり？」

狼や子犬など、群れで暮らす動物が、小さい頃、噛み合いなどをして序列を決めてゆく、あれだ。森之下は事務に入った時だからこそ、あえて聖達に挑戦し、大堂門下での立場を、確立しようとしているのかもしれない。

するとだ。

『へっ？　あー、そうかも。その通りぃ』

気味の悪い声で誤魔化して来たので、どうもそんな理由ではなさそうだ。甲高いオネエ言葉に鳥肌を立てつつ、顔を顰める。

（隠し事は別にあるのか）

それを見抜かれたくなくて、聖達に、他へ注意を向けさせている。そんな気がした。

（さて、それは何だろう）

加納と真木、小原、聖を怒らせても、隠しておきたい事だ。

「鬱陶しーっ。あんたみたいな奴、間違っても、ただの事務員じゃなかったと思う。普通の会社内でこんなことをしてたら、周囲から浮きまくって仕事になりゃしないからね」

聖が、絶対前歴を調べてやると言うと、森之下は一瞬、言葉を切った。そして直ぐに、明るい声を出したのだ。

『俺の事を、考えてくれてるみたいだねぇ。けど聖くん、就活中なんだし、自分の事を優先しなきゃ』

よって聖にも、良き知らせを告げる事にしたと言い出す。本当に、我ながら親切だと言い切った後、森之下は思わぬ事を話し始めた。

『先日のパーティーで出会った社長さんに、大堂先生の所の事務員さんが、就活中だって話したんだ』

「は？」

『事務員なのに大学生とは面白いって、その社長さん、興味示してたよ』

勿論皆、大堂と繋がりのある聖の立場が、魅力的なのに違いない。その内、内定が決まるかもと、森之下は楽しげに言い始める。

「余分な事、するな。俺と、喧嘩したいの？」

声を低めると、もの凄く大仰な謝り声が、何度も聞こえて来た。腹立たしさが増し、思わず電話を切る。

「あ、あんのやろーっ！」

聖は最近、将来のこと、就職の事を言われると、どうも落ち着かなくなるのだ。思わずスマホをキッチンテーブルに打ち付けそうになって……拓に止められてしまった。

5

大堂と森之下の愚痴を言う会……もとい、森之下の調査結果を報告する会が、再び開かれたのは、二日後の事であった。急に集まろうという話になり、聖、加納、真木、小原の四人は、また『アキラ』に集ったのだ。

今回、中学生の拓は学校へ行かねばならず、『アキラ』での話は、後で聖から聞く事になり、朝、ふてくされつつ学校へ向かった。当然と言おうか、森之下と大堂も、しっかりその場に居合わせる事になる。話を聞かせる為に、四人は場所を『アキラ』に決めたのだ。

「やっと、我らは結論を出せました」

まずは加納が言うと、ずぼらで好奇心に溢れている大堂は、自分の事務所にて面白い話が聞けそうだと、大いに喜んだ。それで皆に、頂き物のワッフル菓子を振る舞ってくれる。

しかし。大堂は直ぐに、不機嫌な声を出した。

「聖、私の菓子だけ、何で半分なんだ？」

「オヤジ、意趣返しだよ」

「あん、何のだ？　加納、分かるか？」

だが、今日を決戦の場と心得た加納は、返事もしなかった。何しろ先日妻へ、高いロエベのバッグを贈ったところであったから、腹に怒りをため込んでいる。

「おかげで来月まで、小遣い節約月間と決まりました。よって、バッグを買う羽目になった原因は、追及せねばなりません」

横から真木も、恋バナをばらした当人を問い詰めたいと言い出した。小原は実業家、小城を紹介し損ねた件に、まだこだわっている旨を、落ち着いて話す。そして。

今日、一番不機嫌なのは聖であった。何しろ、自分でエントリーしてもいない企業から、面接の案内が届いたのだから。そのまま受け合格しても、コネ入社と周りから言われる事、必定であった。

「俺、D社でそんなことを言われて、うんざりしてるんだ。なのに勝手に、コネを作った奴がいる！」

怒りが自分の周りで、ぱちぱち弾けている気分であった。見れば森之下は、一応平気な表情を浮かべている。

「おやぁ、聖。どうもお前さんは、新人事務員に対して、分が悪いみたいだな」

「オヤジさん、話すからお静かに」

加納はここでまず、森之下の前職が分かったと、そう報告した。

「おや、突き止めたか」

大堂がにやりと笑い、森之下がさっと真顔になる。この調べの功労者は、小原であった。小原は、数が多すぎて諦めかけていた市区町村会議員の中に、森之下がいないかを、まず大堂がいる首都圏から調べ始めたのだ。

「区議会に、森之下さんがいないと分かったとき、もっと遠い市区町村を調べるべきか、疑問に思いましてね」

何より、小原も知らない地方議員と大堂が、強い繋がりを持てるものか、疑問を持ったのだ。

するとメールの輪で、その意見を聞いた真木が、勿論繋がりは持てると返してきた。

「『風神雷神会』には、首都圏以外の議員さんも、大勢いますから」

「『風神雷神会』！　ああ、これだと思いましたね」

四人は直ぐに、会の関係者を調べ始めた。『風神雷神会』門下ならば、大堂から便宜を図って貰える事も、あり得る。もっと早くに、その方面を考えておくべきだったと言い、加納と真木、四人の顔が、森之下の方へ向いた。

「やはり森之下さんは、一般の会社の事務員じゃなかったんです」

では、どこの誰であるのか。それを加納が告げる。

「『風神雷神会』の一人、県議会議員高藤(たかとう)さんのところの、古参事務員ですね。臨時の秘書も兼ねていたようで。何でもやっていた人」

もっとも森之下は、高藤の事務所で働いてはいたから、大堂の口にした『事務員』と言う言葉は、ぎりぎり嘘ではなかったのだ。

「政治家らしい、オヤジさんらしい言い回しだったと、いうことですな」

森之下は県議会議員のところで働く前は、会社勤めをしていたという。だから世間並の事は承知していたと思うのに、子犬の噛み合いのようなじゃれ合いを、転職先でしたのだ。

「ほおお。高藤さんは隣の県の人で、『風神雷神会』にはたまにしか顔を出さないのに、よく調べたな」

大堂からお褒めの言葉を頂き、真木がにこりと笑う。

「森之下さんが馬鹿(ばか)をして、ヒントをくれましたから」

「おや、俺が何かしましたかね」

「聖に、内定を押っつけたでしょ」

「押っつけたなんてぇ……就活中だと聞いたんで、ちょいと力を貸しただけなのに、怒っちゃったんですか」

しおらしい森之下の言い様を聞いて、加納がソファの上で、妙に満足そうな表情を作った。

「聖を敵に回すなんて、馬鹿だよなぁ」

何しろ聖は、ずぼらなのに退屈が嫌いな元大物政治家大堂が、金を出し、大学へやった者なのだ。国会議員で、王子様とまで評される加納の言う事であっても、気に入らなければばきかない。勿論今まで、『風神雷神会』の面々にだとて、ただ、いいように扱われてきた事はない。反撃は大好きであった。

「つまり聖は、どう考えても、大人しい青年じゃないんだな」

今回の森之下のように、会って早々に小突いてくる相手に、我慢などしない。

「最近就活中で、大分弱気になってはいるんだ。でもその本性……痛っ、聖、何をするんだ。はいはい、なめてかかると、危ない人なんですよ」

よって聖は、森之下の前職を知るだけでは満足せず、加納達が抱えていた第二の疑問、〝大堂はどうして森之下を、特別扱いしたのか〟という疑問に、挑んだのだ。

「で、結論は出たのか？」

質問をする大堂の、機嫌が良い。聖はまず、森之下が小原のしくじりを、フォローした事を、指摘した。

「つまり小原さんが、小城さんへの紹介を頼まれた時、森之下さんは、『風神雷神会』の懇親会に来てたんだ。端の方で大人しくしてたんです。多分高藤さんの秘書として、付いて来たんだと思います」

その後、経済団体のパーティーにも出席して、小原が約束を忘れた事に、気がついた訳だ。ここで聖は、森之下にぐぐっと顔を近づけた。

「経済団体のパーティーで、どこかの社長に、森之下さんは俺の就活のことを話したんだよね。最初の懇親会には出席してないような大会社から、面接に来いって手紙が来てたんで、分かった」

しかし、だ。ここで聖の気持ちに、引っかかる事があった。

「森之下さんは、県議会議員さんの所の人で、しかも事務員というか……とにかく、いつも先生に付いている秘書じゃないから」

たまたま、『風神雷神会』の懇親会に出る事はあっても、経済団体のパーティーには、招待されていない筈だ。議員が付き添いで連れて行く場合、事務員ではなく秘書を伴う。

なのに森之下も、あの日のパーティーにいた。そしてわざわざ聖の事を、社長に話したのだ。

「思いっきり妙ですよね」

聖と森之下は、あのパーティーの当時、知り合いですらなかった。しかし『アキラ』は、仲間内の議員達の間では有名な、大堂の根城だ。そこにいる事務員の就活のことは、『風神雷神会』の面々から聞いて、森之下も知っていたかもしれない。

「となると疑問は、どうしてパーティーにいた社長に、俺の就職を頼んだかって事ですが」

一つの可能性を思いついた。

「森之下さんはその社長と、話をしたかったんじゃないかと」

その前の懇親会で、『アキラ』の事務員の就活話を聞き、頭に残っていた為、話のきっかけにしたのだろう。そのせいで聖には、内定の書類が送られてきた訳だ。

だが、どう考えてもそんなことをするのが、目的ではないはずだ。

「森之下さん、本当はその社長さんと、何を話したかったのか」

事務員がなり振り構わず、社長に話しかけた訳は何か。聖は大堂の顔を見た。

「訳は？」

「えー、分かりませんでした」

自分は懇親会やパーティに出ていない。分かる訳がないのだ。

「ほうっ……尻切れ蜻蛉だな」

堂々と言う聖に、大堂が目を丸くしている。

「でも家に、面接ＯＫの手紙をくれたんで、森之下さんが話した社長の名も、連絡先も分かりました」

よって聖は昨日、別のパーティーに出た社長に、会いに行ってきたのだ。衆議院議員である加納議員が、出席に力を貸してくれた。

「おお、加納も偉くなったもんだな」

大堂は上機嫌となる。聖は、上着の下に手を入れた。

「それで……これが出て来た」

聖が皆に見せたのは、一枚の紙だ。三時間ほど粘って、何とか手に入れたもので、まだ加納達にも見せてはいない。目にした途端、森之下の顔色が変わった。

「森之下さん……というか高藤先生は懇親会で、これ、無くしたんでしょ」

慌てて捜したが、見つからない。発見した時は、どういう訳か某会社の社長が、手にしていたと言うわけだ。

「聖、それ何？」

真木の目の前で、広げて見せる。会社名と数字が、ずらりと表に並んでいた。真木は初めて見たのか、片眉が引き上がった。

「これ、懇親会に出ていた方の、会社の名前みたいね。数字は……何だろう」

聖の口元が歪んだ。

「この紙を手にした社長さん、意味が分からなかったんだろうな。それで次のパーティーへ行った時、知り合いの社長さんに見せて、相談したんだ」

その社長も、書いてあることは摑めなかったが、表に引っかかるものを感じたらしい。何となく表の会社を、比べているように見えたのだ。それで森之下がパーティー会場で近づいて、返してくれるよう頼んでも、渡してはくれなかった。

聖はその紙に手を置いたまま、皆に目を向けた。

「会社名と数字の羅列。何の表なのか分からないんだけど、知ってる人、いる？」

すると、だ。何と加納が溜息を一つつき、紙を手に取りもせず、説明をしてきた。

その表は、『風神雷神会』の有志で作ったものだという。

「先日の懇親会に招いた会社を、数値化したもんだ。財政状態とか、政治参加の度合いとか。俺達に必要な数値を、出してある」

もっともそれは、政治の世界から見て、判断した数値で、経済界で考えられている物とは、異なる筈であった。

「成る程、だから社長さんが数字を見ても、今一つ、何だか分からなかったのね」

真木は大きく頷いて……それから分からなくて良かったわねと、人が悪そうに微笑んだ。

愛想よく懇親会へ招待しておきながら、こんな数値で計られている事を知ったら、企業の方は良い気がしないだろう。いや、不信感を持って、『風神雷神会』のメンバーを見てくる筈であった。全員を巻き込む、大騒ぎになっても不思議ではない。

「こんな表を無くすなんて、高藤先生、抜かったね。小原さんの失敗の比じゃないよ」

事が分かってしまわない内に、高藤は何としても、この物騒な一枚を取り戻さねばならなかった。加納が頷く。

「高藤さんと一緒に、森之下さんも経済界のパーティーにまで、取り戻しに行った訳だ。でも、無理だった。それで高藤さん、オヤジさんに泣きついたのかな」

会の皆に迷惑が及ぶ前に、大堂大先生が動く事になった訳だ。

「でも、オヤジさんが自ら出て行ったら、余程凄い表なのかと思われて、却って注目されてしまう。それで森之下さんを『アキラ』へ呼んで、オヤジさんがサポートした訳か」

丁度聖が就活中で、新人を入れる口実があった。

しかし、だ。大堂が動くのは珍しいから、そうなったら興味津々、注目してくる面々が側に居る。高藤は己がミスをしたと、知られることを嫌った。それで森之下は無謀にも、聖達を己の方からつついて、気を逸らしたのだ。小原が呆れた。

「馬鹿なやり方だって、オヤジさんに言われなかった？　最初から俺達に、協力を求めれば良かったのに」

高藤には黙っていれば、良いことであった。その言葉に加納、真木、聖が頷く。

しかし、だ。ただ一人、大堂だけは首を横に振って、笑いだしたのだ。

「いやいや、森之下はお前さん達に、助力を請う事はしないさ。何しろ、この男も政治家志望者だからな」

大堂門下と言われる政治家の中で、のし上がっていきたい口なのだ。まだ立候補もしない内から、何人もの先達に頭を押さえられた格好になるのは、嫌だったのだろう。

「はぁ？　『風神雷神会』の危機かもしれなかったのに。自分の都合が最優先だった訳？」

聖はぐっと不機嫌な表情を作ると、それでも問題の紙を、森之下へ渡した。だが電信柱男が、ほっとした笑みを浮かべたのを見て、びしっと一言付け足す。

「でも迷惑をかけられたから、当分、どうやってこの紙を取り戻したかは、教えてやんない」

「は？」

「あの社長さんが、何故森之下さんが取り戻せなかった紙を、俺に渡してくれたのか。百年くらい考えてたら？」

高藤議員には、あっさり取り戻せたと言っておけばいいのだ。森之下は立ち回りが上手いようでいて、阿呆だと聖が言い放ち、迷惑を被った他の三人も頷いている。

「そんなぁ……」

「いや、面白い。森之下ではまだ、四人には敵わないようだ」

大堂が笑い、さてワッフルを食べようと手を伸ばす。

「おや？」既に菓子は、皿に無かったのだ。真木がそっぽを向き、大堂の分まで誰が食べたのか、一人も口にしない。

「成る程、意趣返しか。皆に黙って、森之下に手を貸した俺の事も、怒っている訳か。参った」

大堂が久々に、溜息を漏らした。

森之下は臨時職員だったらしく、その後『アキラ』に、顔を出さなくなった。よって聖はまた、毎日仕事場の雑用をこなしている。

「結構使える人だったのに」

掃除をしながら、聖が真面目に評すると、ソファの上でさぼっている元大政治家先生が大きく笑い出す。『風神雷神会』も『アキラ』も、今日は平穏であった。

そろそろ教えてくれと、大堂が言う。すると聖はちょいと迷った後、「もう、いっか」と言い、上着のポケットから、何通もの封筒を取り出してみせた。

「何だ、そりゃ」

「社長達のコネによる、内定通知」

「はぁ？」

何通かの封書を見て、大堂が目を丸くしている。聖は、あの厄介な紙を取り戻すため、持ち主の社長が出席していたパーティーに潜り込んだ、あの日の事を話した。

「要するに、あの紙が、社長さんの興味を引くものでなければいいと考えたんだよ。なら、渡してくれる筈だろ？」

そしてあの紙は、欲しがっている聖にとっては、大切なものでなければならない。

「つまり今の俺だったら……就活関係の品だ」

そうであれば、相手は納得するのだ。

「ほう、つまりあの紙は、聖が就職したい会社のリストとした訳だな。数字は……会社の様々な点、給料や福利厚生などを、聖なりに評価し、数字化したもの。そんな風に説明したのかな」

「オヤジはオヤジだ。やっぱり電信柱とは、出来が違うなぁ」

口では簡単に言うが、パーティーで社長を納得させるのは、聖にとっても結構大変であった。目当ての社長と必死に話している内に、聖は表に名が出ていた他の社長達からも、就活中の学生として、話を聞かれ質問された。仕方なく、そっちも真面目に返答をした。

するとー。

「俺への内定や面接の連絡が、家に届いたんだ」

直ぐにコネ入社はしないと返事をしたが、コネではなく、社長直々の面接結果だと言ってくる会社もあって、まいった。

「それでも、パーティーで縁を作った相手からの話は、全部断った。だってさ」

聖は内定を貰った会社の事など、全く知らない。おまけにどう考えても、どの会社も、聖自身というより、大堂との繋がりを求めて内定を出してきているからだ。

「俺が、この辺りの会社へ就職したら、オヤジへ頼み事を山と持ってくる事になるもんな。オヤジはそんな事、嫌でしょ？」

「もう政治家は引退したんだ。陳情は聞かんよ」

大堂に言われ、聖は頷く。とにかく、事は全てきちんと、終わった。その筈であった。

ところが。何故だか今回は、その後、思いもよらない事がおきた。聖の所へ新たに、五通の内定通知が来たのだ。明らかに、大堂との縁を願ったもので、聖は加納から間抜けをしたと言われてしまった。

そして、二日の内に事を見抜いて何とかしないと、皆で勝手に就職先を決めると宣言されてしまった。

終章　さくら咲く

1

聖は『アキラ』の事務員として、大堂や『風神雷神会』の議員達がもってくる、厄介事の後始末を何度も引き受けてきた。つまり、そういう案件を解決する事は、慣れているのだ。

少なくとも己の就職先について、決断を下すよりも、ずっと楽な作業であった。よって大学から早めに帰り、『アキラ』へ向かい雑用をさっさと終わらせると、聖は知らない会社がどうして、大堂と聖の繋(つな)がりを承知していたのか、そちらを調べる事にした。

「ほぼ同時に、五社が封書を送ってきた。つまり誰かがこの五社へわざと、俺とオヤジの繋がりを話したんだな」

面白がっての事か、嫌がらせか。とにかく五社は元大物政治家や、大堂傘下(さんか)の議員達とお近づきになりたいと思った訳だ。聖という学生に、興味があった訳ではない。

「くそぉ。勝手に阿呆(あほう)な事をした奴(やつ)って、誰だろ」

聖が事務所『アキラ』で働いている事を、知っている者は限られている。変な事務所だから、人の出入りは少ないのだ。

今日のように大堂が会社にいる日など、聖は一人きりでいることが多い。そんな日は、大堂や弟子達が気楽に頼んでくる、雑用をこなしている事が多かった。

最近は、大堂社長を持てあまし気味の秘書、前島からの仕事まで引き受ける事が増えている。

「要するに、雑用引き受け屋だよな」

これのどこが事務員なのかと、また愚痴が口を突きそうになる。しかし。

「これから二日間は、雑用は休みだ」

『アキラ』のソファに座ると、聖は紙を広げ、今回の件の疑問を箇条書きにしていく。

「俺の事を承知していて、色々な会社にコネが有るのは誰か。一に、大堂のオヤジとその身内、沙夜ちゃんや真木だな」

二に、加納、小原も含め、『風神雷神会』の面々。それと、会関係者の森之下。

三。聖がこれまで仕事で関わった、大堂や加納らの知り合い達。聖が『アキラ』の事務員で、大堂の雑務をこなしている事を、その面々ならば知っていた。例えば手伝いに行った先の議員達や、後援会の幹部達だ。

「後、俺とオヤジの両方を知るのは……あ、拓と親父(おやじ)がいるか」

もっともその二人は、五社の企業を知らないだろうから、候補から外れる。つまり、一、二、三の内の者達の誰かが、今回聖にちょっかいを出してきた訳だ。

「うーん、誰だろう」

聖は紙へ顰め面を向けると、甘味を台所から取り出し、珈琲をたっぷり作った。それをがぶ飲みしながら、書き出したものを一度慎重に見比べる。

「一は無しだな。オヤジも沙夜ちゃん達も、俺の就職先から陳情を受けるのは、嫌だろう」

二か三が残るが、どちらの仕業と決めるか、微妙なところであった。正式会員でない森之下は、今、馬鹿はしないと思う。『風神雷神会』の面々は、普通、大堂には迷惑をかけない。

ただし。

(百パーセントとは言い切れない気がする)

何か対価として値するものがあれば、動くかもしれない。

「三の、オヤジの知り合いも同じかな。オヤジに迷惑をかけても平気な阿呆は、いない筈だ」

ただし、こちらの誰かはコネ入社の事を、軽く考えている可能性がある。就職先の世話など、今でも多くの人が当たり前に行っていることだ。身元の確かな、真面目な子を推薦するのだから、口利きを感謝される事だと、思っている人もいる。

「じゃあ、三かな?」

後援会の知り合いなら、大堂と距離がある分、無茶もしやすかろうと思う。聖は一つ頷くと、就職を誘ってきた五社の場所を確認し、その近くで会った事のある人を確認する。そして、片端から電話を掛けてみた。

すると。

「……これは、済みませんでした」

スマホを持ちながら、『アキラ』には誰もいないのに、思わず頭を下げてしまった。驚いた事に見事に全員から、覚えがないと言われたのだ。

「うーん、三番じゃなかったのか？」

もし二番、『風神雷神会』の者がやった事であった場合、確認して白状させるのが難しいかもしれない。聖は箇条書きに、目を落とした。

（もしぎりぎりまで、就職したい会社が決まらなければ、就職先の方は、公務員になりたいとでも言っておこう）

そう思ったところで、聖は視線を紙から上げ、眉間に皺を寄せた。

「二日で二つ、事をはっきりさせろって言われたよな。もし、どっちか駄目だった場合、どうなるんだ？」

加納のことだ。そうなったらやはり聖の就職先を、自分達で勝手に決めると言いかねない。聖はぐっと表情を硬くし、またスマホを取りだした。一人で悩んでいる時ではなかった。援軍を見つけねばならない。

「あ、小原さん、今、話してもいいかな」

　聖が泣きついたのは、大堂傘下で一番温厚に思える、現職都議会議員だ。すると小原は、加納が聖の就職先を決めると宣言した事を、既に承知していた。その上で、聖に手を貸すと言ってくれたのだ。

「聖は、都議会議員選挙を手伝ってくれたからな。借りを返すよ」

　ありがたい申し出であった。

「じゃあさ、聞いてもいいかな。『風神雷神会』のメンバー限定だ。オヤジに迷惑かけるのを承知で、俺へ無茶をしそうな人。心当たりある？」

「ない！　オヤジさんの癇癪の怖さを、聖はまだ分かってないだろ。本気でふるえあがるぞ」

　何故なら議員にとってそれは、落選に繋がるからだ。聖は寸の間、声を詰まらせた。

「へえ……オヤジ、そういう怒り方するんだ」

「子供みたいに怒るから、収集がつかないんだ。以前一人、立候補もできなくなった奴がいたな」

　すると、だ。この時小原の口調が変わった。

「聖、『風神雷神会』のメンバー以外に、怪しい奴がいるじゃないか。名を教えてやろうか。大盤振る舞いのサービスだ」

加納だとて、もう思いついているだろうに、教えてはくれなかったろうと小原は言う。

「聖には次の選挙でまた、世話になるかもしれないからな。その時は大いによろしく」

初当選時には、まだまだ物慣れなかった都議会議員様は、アコギで老獪な政治家へと、少しづつ変貌を遂げているようであった。

聞かないという選択肢はない。

「うん、教えて」

問うと、笑い声が返ってきた。

「おいおい聖、落ち着いて考えれば、お前さんだって思いついた筈だぞ。佐々木さんだ。ほら例の、プロの選挙参謀」

「あっ……」

あの男であれば、聖の就活も、大堂との縁も、承知している。そして今まであちこちの選挙参謀をやってきた縁から、選挙区にある企業とも、縁があると思えた。

「佐々木さんかぁ……あの人確かに俺の事、怒ってるかも」

佐々木は、加納が作った選挙結果予想のソフトを欲しがったあげく、聖達に上手いこと撃退されたのだ。偽のＵＳＢメモリを摑まされたせいで、あの時関わっていた選挙事務所とは、縁が無くなったと聞いた。

「確かに佐々木さんなら、俺への意趣返しのチャンスがあったら、無駄にはしないよな」

プロを名乗るだけあって、佐々木は軽い見た目よりも、実力がありそうだった。勿論、まだ佐々木の仕業だと決まった訳ではなかったが、短期決戦故、所在を突き止め、当人に問いただした方が良さそうだ。

「小原さんには感謝！」

次回選挙ではちゃんと手を貸すと約束し、聖はスマホを切った。すると、直ぐに真木から電話が入った。

『聖、夕飯時にいないのに、電話もメールもないって、拓くんが心配してるよ』

拓から電話を掛けたが、話し中だったらしい。

「あー、いけない。連絡入れてなかった」

『急いでやることがあるからって、弟を忘れてちゃ駄目だよ』

調べ事と就職先の決断、頑張ってねと、軽ーい激励の声がする。

「真木、真木もう、『アキラ』でどういう話があったのか、詳しい事まで承知してるみたいだな」

スマホに向け聖が溜息をつくと、笑い声が聞こえて来た。真木によると、何と早くも沙夜子や大堂、加納は、聖の就職先について、勝手な相談を始めているらしい。

「あのっ、事に失敗したらって話じゃ、なかったのか？」

『加納さんと親しい政治家秘書の作田さんだけど、是非是非事務所に、有望な新人秘書が欲しいらしいの』

作田は加納経由で、聖の就職先として名乗りを上げたらしい。

『大堂先生の会社の秘書、前島さんも、聖が大堂商事へ来てくれるのを、期待してるって』

目的は、言う事を聞かない大堂のお守りを、押しつける事であろう。元大物政治家である大堂は、並のサラリーマン秘書では手に余るらしく、前島は疲れきっているのだ。

『加納さん自身は、自分の東京事務所へ入れるか、繋がりを強める為に、小城さんの会社へ推薦するかで迷ってたよ。沙夜ちゃんにも、一人体力のある秘書を頼まれてる、知り合いの事務所があるんだって』

もてもてだねえと、真木がからかうように言う。聖が、自分は地方公務員になるつもりだと言うと、真木はまた笑った。

『地方公務員になって、何をするの？　そこの所、加納さんに追及されるよ』

問われて、仕事内容が出てこなかった。すると拓に連絡を入れろと言って、真木が電話を切る。

「やれやれ。みんな、気が早すぎだ」

聖は顰め面を浮かべたまま、急ぎ弟へ一報を入れようとした。するとそこに、また小原から連絡が入いる。

『おい、聖。こういう話はしたくはなかったが』

「はい？　何があったの？」

聞けば小原も、佐々木を捕まえようとしてくれたらしい。期限が迫っているからだ。ところが。

『佐々木さん、捕まらないんだ。急に仕事が入ったとかで、どこかへ行ったみたいだ』

「どこかって、どこへ？」

聖が顔を強ばらせ、まさか海外じゃないよなと、小原へ聞く。小原は、海外でも国内でも、行き先が分からなければ同じだと、大変落ち着いた答えを返してきた。

『もしかしたら、そろそろ聖へ、嫌がらせの内々定が届くと分かってて、逃げたのかもな』

そうなると、二日の内に捕まえる事は難しい。

「俺には、捕まえる自信はない。ギブアップだな」

こうなったら聖は、加納達の押す就職先のどこかへ行くしかないなと、小原は要らない事を付け加えきた。

『聖、議員秘書でも、商事会社でも、小城さんの会社でも、ちゃんとサラリーは貰えると思うぞ。きっと保険にも入れるはずだ』

だから。明日はせめて加納達が並べた就職先の内、どこへ行きたいか、自分から決めてみろと小原は言い出した。

『オヤジさんは、あれで聖に甘い。最後にそれくらいは、選ばせてくれるだろうさ』

「まだ明日じゃない。俺は頑張る!」

そう言って電話を切ったが、いよいよ切羽詰まってきた事は自分でも分かった。

「くそう、佐々木さんめ。会ったらしっかり、意趣返ししてやる!」

そう言ってみたものの、会える当てが無いので、今困っている訳だ。聖は仕方なく、もう一つの課題を思い浮かべた。

(これから何十年か、俺は何をやって暮らしを支えてゆくんだ?)

また紙を引き寄せる。そして聖は、就職するに際し、どうしてもやってはいけない事を書き出した。

(例えばオヤジに、今回みたいな迷惑をかけることだな)

じじむさい考え方と言われようが、大堂には恩義があるのだ。聖はその事を、肝に銘じていた。

それから横に、やっぱりサラリーマン希望とか、書いてゆく。一度ちゃんと、給料の何ヶ月分とかの、ボーナスを貰ってみたい。

(お金の事じゃなくて、もっと働く事の意味とか、就職にはご立派な考えを持たなきゃ駄目なんだろうか)

勿論面接で、そういう話をしろと言われればできるが、本音かどうかは自分でも怪しかった。就活中の学生で、エントリーした会社での仕事内容について、深い意義を考えてる人間というのが、どれ程いるのだろうか。

(それとも俺って、特別いい加減なのか)

(みんな大学を出て働き出す時、迷わないのかな)

それとも。

それとも？　聖は今まで突き詰めて考えないようにしていた問題へ、ようよう顔を向けた。

(もしかして俺……『アキラ』から離れる事自体が嫌なのかな)

顔を上げた。聖は、親に放り出された経験がある。それ故に、馴染(なじ)みの人達から離れると思うと、苦しいのだ。

（情けねえな。何とこれが答えか）

ならば、この『アキラ』なり、政治家事務所へ就職すればよいようなものだが、それもまた、できずにいる。

（就職先に政治が絡んでいるというのは、怖いもんなぁ）

正直、自信満々で政治に関わる者がいたら、空恐ろしいと、聖は本気で思っているのだ。己の意見に酔っているような政治家もたまに見るが、そういう考えは、はっきり受け付けない。

そんなに素晴らしい政治家が居るのなら、今、日本はパラダイスになっている筈だが、現実は不況脱出すら、できていない状態なのだ。

一つの市、都道府県、国、そこに住む桁外れに大勢の将来を担うという事は、重い。怖い。大変だ。冗談にはならない。自分は議員ではなかったのに、暫く政治家の側に居ただけで、その重みが垣間見えた気がした。

そして、とても背負えているようには見えない議員がいるのも、事実であった。

（気がつけばこの国には、山と借金がたまってるし）

おかげで消費税が上がりそうだ。政治の決断の先で、税金が上がってゆく。政治に無関心でいると、そういうことが起きるぞと、大堂が以前、聖に言っていた。

（成る程、オヤジは鋭かった。本当にそうなった）

やっぱり怖い。だから……ごく並の暮らしへ足を踏み出したいと思うのだが、この寂しさはたまらない。空の下に、己一人しかいない気持ちに、がっちり包まれてしまう。たまらない。

（今の暮らしから逃げたい。留まりたい。どっちも本音だ。俺はどうするんだろ）

あれこれ書いた紙を暫く眺めていたら、またスマホが鳴った。弟の声がして、連絡を入れていない事を、しっかり叱られた。

2

やけくそで赤羽のアパートへ帰り、寝て、起きても、佐々木の居場所は分からなかった。他に怪しい者も見つからず、二日という日はあっさりと過ぎてゆく。

聖は仕方なく、当人を見つけられないまま、一応佐々木に意趣返しだけは、しっかりしておく事にした。

せっせと電話を掛け、こちらにも何本か、掛かってきた。聖はあれこれ手を打ってから、事務所『アキラ』へ顔を出したのだ。するとやはりというか、楽しそうな表情の面々が、ずらりと顔を並べていた。

（オヤジ、沙夜ちゃん、加納さん、真木、小原さん）

おまけに、小山前議員の秘書作田もいるし、大堂の会社の秘書、前田も来ている。

そして。

（何だ、こりゃ）

聖は目を見開いた。

「何でここに、佐々木さんがいるわけ？」

すると加納が、人の悪そうな笑みを浮かべた。

「佐々木さんは、誰かが自分を捜してるって知って、聖に悪さがばれたと分かったらしい」

つまり聖と大堂の繋がりを話し、大量のコネ入社で悩ませたのは、やはり佐々木の嫌がらせであったのだ。それで身の処し方の上手い男は、自ら早々に、大堂へ謝りに来たというわけだ。家が遠いので、佐々木は昨日、この近くのホテルに泊まったらしい。

「そのせいで……捕まらなかったのか」

まさか佐々木が、迷惑をかけた当人、大堂の所へ来ているとは、見当がつかなかった。電話一本事務所『アキラ』へ入れなかったので、察しがついていたとは言えず、聖の負けが決定となる。

「わはは、ではこれから、聖の就職先決定会議を開きましょう」

加納が上機嫌でそう言い、立ち上がる。爽やかな弁舌で、さっさと聖の就職先を仕切り、上手いこと己の手駒にしようという腹づもりに違いない。

だが、しかし。

ここで加納の提案を、押しとどめた者がいたのだ。何と、前島であった。

「あのぉ、佐倉君が『アキラ』へ来る前に、その就職先に名が出たのは、うちの大堂商事、『アキラ』と、加納さんの事務所、作田さんと、沙夜子さんの知り合いの政治家事務所、それと小城さんの会社でしたよね」

しかし話し合いで決めては、政治家が大いに有利なのだ。何しろ口から生まれてきたような連中なのだから。よって。

「抽選で決めて下さい」

「抽選？　どんなやり方をするんだ？」

大堂が己の秘書である前島に問う。前島はまた痩せたようで、何としても大堂のお守りに慣れた聖を、自分の所属する秘書室に引っ張りたいと言っている。

「だから、これです！」

皆の目が、一斉に前島の手元へと向かう。

「大変古典的なやり方を選んでみました。我ながら大胆なくじだと思います」

そこにあったのは、神社のおみくじを引く時に使うような筒で、中に入れてある綿

に棒が挿してあった。根元は見えない、

「棒の根元に、就職先の名前を書いた紙が、貼ってあります」

　全部で六本あった。

「大堂社長に選んで貰って下さい。社長の決定でしたら、私は従います」

　要するに、政治家主導は嫌だということらしい。

「俺の就職先、くじ引きで決まるわけ？」

　さすがに聖は呆れたが、賭けに負けたくせに、文句を言うなと大堂に睨まれた。

「分かったよ。ああ、お好きにどうぞ」

　聖が頷いたので、大堂がにやりと笑い、くじを持った前島をソファへ呼ぶ。

「オヤジさん、本当にそんなもの、使うんですか？」

　加納も呆然とした声を出したが、じきに引き下がる。

「しかし、くじとはね」

　小原が、真木が、じっと大堂の手元を見つめる。大堂はためらいもせず、軽くさっと、一本の棒を引き抜いた。聖が、一寸目を瞑る。

　そして……声がその場に響いた。

「大堂商事！　おや聖は、政治家の秘書にはならなかったか」

　大堂はひょいと棒を掲げ、もう一度巻き付いた紙にある字を確認した後、これで就職先は決定と宣言する。聖が棒を見て、小さく頷いた。事が決定すると、不思議と落ち着くものであった。

「ああ、決まっちゃった。もし就職試験に受かれば、俺、サラリーマンになるんだね」

「佐倉君、一次試験なんかですべったら、許しません。面接は秘書課総動員で、特訓しましょう。受かって下さい！」

前島が繰り返し、大堂が笑い出す。隣で加納が、大きく息を吐いた。

「やれやれ、外れたか」

小城の所にも決まらなかったのは残念だと、加納が棒を見つめつつ溜息をつく。真木と小原が軽い棒を見つめ、これは何なのかと問うと、百円ショップで見つけた文具だと前島の返答があった。

「あら、安く作ったんですね、そのくじ。聖の運命は、百円ショップに左右されたんだ」

笑い声が上がり、真木が当選くじを眺めていると、それを作田が前島の持つくじの筒にひょいと返す。前島はそれを、持ってくるのに使った紙袋へ戻した。

すると。突然沙夜子が、前島からくじの筒を取り上げたのだ。大堂が片眉（かたまゆ）を引き上げた。

「沙夜子、どうしたんだ？」

「いえ。ちょっとね。あんまり軽ーく扱うんで、他の棒も見てみたくなったの」

沙夜子がにこりと笑った途端、前島の顔色が青くなった。聖がその顔を見つめ、加納がぐっと表情を引き締める。

沙夜子がくじの入った筒を、ソファ前の低いテーブルの上で、ひっくり返した。中から出て来たのは、六本の棒だ。そして。

一瞬の間の後、大堂が大声で笑い出した。真木の笑い声が続き、小原は呆れて黙り込んでいる。加納が怖い表情で前島を見た。

最初に話し出したのは、沙夜子であった。

「やられた。全部の棒に大堂商事と書いた紙が、巻き付けてあったのね。もの凄く単純で古ーい詐欺だ」

しかしまさか、この中で一番生真面目そうな前島が、こういう思い切った手を打ってくるとは、誰も思わなかったのだ。前島が作ってきたくじ故、大堂が引く前に、誰も棒を確かめようとはしなかった訳だ。

ここで沙夜子が、不意に聖の方へ向いた。

「聖くん、くじのこと知ってた？」

「えっ？」

「前島さんと聖で、話が付いてたってこと？」

真木が目を瞠り、加納が怖い表情を浮かべる。

「お、俺は知りませんけど」

驚きつつそう言うと、ここで思わぬ方から、声が上がった。

「いえ。今回前島さんに手を貸したのは、私です」

「あらまあ、作田さん」

これには加納まで、真剣に驚いている。作田は必要な有望秘書を、聖に紹介して貰った。故にお礼代わりに、今回のアイデアを出したと口にした。このまま加納に仕切らせておくと、当人の希望とはほど遠い所へ、いつの間にやら勤める事になりかねない。

「聖くんは就職先の事、ずっともの凄く迷っているみたいでした。だったら最初の希望に近い所が、一番良いんじゃないかと思って」

堅実で、福利厚生良し、退職金、企業年金有りの勤め先。ならば加納達が示した六つの就職先の中では、大堂商事が元々聖が希望していたものに最も近い。

「聖君はまだ、とても若い。将来、また議員方の手伝いをする日が来るかもしれませんが、一度サラリーマンとして働いてみるのもまた、良い経験だと思います」

それで。

「前島さんに、相談した訳です。くじのアイデアは私が出しました」

作田は聖に、迷ったなら初志貫徹ですよと、明るく言う。側で加納がもの凄く剣呑な表情をうかべているのに、気にもしていなかった。作田は一見温厚そうな人であるが、やはり普通のサラリーマンではないらしい。

（この人、政治家だ）

何故だか大堂は、作田のやりようを気に入ったらしい。楽しげに、前島との話し合いについて、作田に尋ねている。とにかく、聖の就職先を選び直す事はしないようだ。

ここで作田は、更に思いがけない事を口にした。

「大堂先生、私を『風神雷神会』へ、入れて頂けませんでしょうか」

途端、沙夜子、加納、小原、真木の視線が、作田へ向く。加納が真っ先に言った。

「作田さん、あんたまだ議員じゃなかろうに」

「入会は、当選後ということですか？　いや、待ち遠しいな」

「おいおい、初当選間違いなしと思っているのか？」

加納が顔を顰めた横で、大堂が笑い出す。

「聖の事をいいように動かした者は、多くないぞ。面白かった。作田、入会してよろしい」

加納が背筋をしゃきりとした向かいで、聖が呆然とする。

「俺の就職問題が、いつの間に作田さんの入会審査に化けたんだ？」

あの、本当に人好きする議員秘書の内に、こんな一面が隠れていたとは。聖は思いきり息を吐いた。

人は立派に見えて、阿漕なのかもしれない。ただ、阿漕なだけでは困る。まあ、大概は皆どこかに、立派な所も持っているのだ。

多分。

「聖くん、就職希望先決定！」

真木が明るい声を上げた。

「うちだったら、試験などせず、今日決まったのに」

加納はぶつぶつ言いつつ、何故だか作田を半眼で見ている。横から、今度は沙夜子が問うてきた。

「ところで聖くん、作田さんに紹介した有望秘書って、誰？」

すると聖は小原の隣に座って、この場をただ楽しんでいた男へ指を向けた。佐々木は心底驚いた様子になり、声も出ないでいる。

「政治家の秘書？　私は選挙参謀です。選挙のプロですが」

その時聖が、ひょいひょいと佐々木に近づく。そして……拳固を思い切り一発、座っている佐々木の頭へ落とした。五通の就職先を押しつけられた礼だ。

「い、いてぇ……」

「佐々木さん、あんた、いつまでもふらふら、あちこち流れ歩いてるから、俺に意趣返しをしようなんて暇なこと、考えるのさ」

よって佐々木は、秘書を求める作田の所で働くべきだと、聖は言う。

とにかく佐々木は今回、目的を立て、その結果を引き出した。つまり聖へ嫌がらせを行う事に、成功したのだ。実行力のある男だから、選挙参謀をしているより秘書として鍛え、後々議員となって苦労した方が良かろうと思う。

「自分の事は分からないけど、人の事って、理解できるもんだね。まあ、勝手に決めたのは、憂さ晴らしというか、意趣返しというか」

聖もいい加減、ストレスが溜まっているのだ。

「この佐々木さんを、将来議員にねえ」

すると、ふてくされていた加納が、さっと目つきを変えた。そろそろ貫禄を付けてきた議員は、政治家の若手を選ぶ目が厳しい。

「使えますかね、オヤジさん。いや、政治家の秘書くらいはできそうですが」

「加納さん、例の妙な選挙用ソフトを使って、当選するか答えを出してみたら？」

真木が横から口を出し、加納が大きく首を横に振る。

「あれは、遠い将来のことを見通すソフトじゃない」

「なんだ、つまらない。加納、もっと面白いもの、作れや」

「オヤジさん、オヤジさんが立候補したら、当選すると出てた選挙区が、六つほど」

「加納、余分なものなぞ、作らなくてもいい！」

大きく笑い声が上がった。佐々木は思わぬ未来を突きつけられ、未だに固まったままでいる。じきに、顔が赤くなってくる。

「私が、議員？」

早々に、大臣になる夢でも見ているのだろうか。その妄想を打ち砕くように、作田があっさり言った。

「選挙で落選したら、無職になります。でも大丈夫。大堂先生にお願いすれば、秘書として、どこか就職先を紹介して貰えますよ」

作田の言葉に、急に興奮が冷めたかのような顔をし、佐々木は椅子に座り直した。

それからじき、作田に頭を下げる。

「あの、本当に私を、秘書として雇ってくれるんすか」

「ええ、お願いします。ああ全部、片が付きましたね」

作田が頷き、加納が口をへの字にし、真木と小原がへらへら笑う。決定は下されたのだ。すると皆はさっそく、早く内定を取れと聖をけしかけ始める。

「桜咲く……佐倉、咲くとなりますか」

「加納さん、その言葉、大学受験の合格時に、使われるものじゃないの？」

就職の合格に使われているのは、妙だと聖が言うと、何でもいいから、さっさとエントリーしろと言われる。前島が、一次試験の特訓も手伝いますと言ってくる。とにかく前島は社長のお守りに疲れており、聖に合格して欲しいのだ。

「ああ、決まったら……すっきりした」

聖は一つ、息を吐いた。ちゃんと就職できれば、大堂との縁は続き、皆とまた会える事もあるだろう。社会人となれば、新たな忙しい日々が始まる筈だ。そう思うと何となく、元気が出てくる。

堅実、福利厚生、退職金、企業年金、良いではないか。休日にならら、加納や沙夜子の手伝いもできるだろう。

「縁は重なってゆくものなんだな」

そう分かったのが酷く嬉しくて、聖は何だか、こみ上げてくるものを感じた。それを隠すために、そっぽを向く。

すると何故だか大堂と沙夜子が、柔らかく笑い出した。

あとがき

主人公・聖と物語の始まり

畠中恵

佐倉聖。

今回は本のタイトルを、この主人公の名前を拝借し、『さくら聖・咲く』とした。一冊を通し、聖は己がこれから行く道を、考える事になったからだ。

聖が主人公である本は、これで二冊目だ。私が書いたもののなかでは、少ない現代物で、前作、『アコギなのかリッパなのか』と同じく、聖は雇用主の元大物政治家、大堂の所で働いている。

そして創作の背景、はて聖達はどこから来たのかというと、実は元になった話がある。私にしては大変珍しく、というか、唯一この聖のお話だけは、デビュー前に書いた短編が、きっかけになっているのだ。

私は以前、都筑道夫(つづきみちお)先生の小説作法教室へ通っていた。そしてそこで、作品は出すものの、先生から良いとは言ってもらえない日々が、何年も続いていたのだ。

いい加減、そういう事にも慣れていた時、ある日珍しくも、褒(ほ)めて頂いた短編があった。それが、佐倉聖の話だった。

何年の何月教室に出したのか、どういうタイトルであったのかも、直ぐに思い出せなかったので、当時のノートで確認した。すると、一九九八年の七月、『箱の中』というタイトルで、六四枚のものを提出していた。

都筑先生からは、三〇枚から五〇枚くらいで、まずは出してみましょうと言われていたのに（ノートにて確認）、当時からつい、話が長くなる傾向があったようだ。タイトルを見ると、筋を思い出す。大堂先生も弟の拓も、既に話に出ていた。秘書もいたが小原ではなく、白い背広を着た加納や、大堂の義理の姪である真木はまだいない。

都筑先生から、今までの作品より、ずっと面白かったと言われ、それが余程嬉しかったのだと思う。私はその事をしっかり、ノートに書き留めていた。

その後新人の物書きとなり、ある編集さんに、どういう話を書きたいかと問われた時、私は以前書いた聖の話を見せたのだ。

すると、登場人物などの設定のみ使うということで、書いてもよいという事になった。聖は新しい筋の中で動き出すことになった。

最初の『箱の中』を書いたのが、一九九八年。その人物設定を使った『五色の猫』は、二〇〇三年に書いている。それを月刊「ジェイ・ノベル」に載せて頂いたのが、二〇〇四年の一月。それから雑誌掲載と書き下ろしを足してゆき、一冊の本になって出たのが、二〇〇六年の一月だった。

こうして改めて書き出してみると、聖の話は最初に思いついてから八年後、本になった訳だ。そして二〇一二年に、その続編、『さくら聖・咲く』の単行本が出た。聖が生意気な口をきき始めてから、気がつけば十四年も経っていた。

もっとも、聖の時間はそれ程進んではいないから、まだ大学生だ。本を見ていると、何だか自分だけが歳を食ったような、不思議な感じがしてくる。

ところで、聖が出てくる最初の習作、『箱の中』を書こうとしたきっかけだが、これははっきりしている。実は、区議会議員選挙だ。

以前の私の住まいは、環七への抜け道になっている細い道路に面していて、すぐ側に丁字路があった。選挙、特に区議会など、地元密着の選挙時には、選挙カーが、どこから湧いて出て来たのかなと思うくらい、家の目の前を通った。

そして車は、丁字路の信号でよく止まった。選挙カーが二台鉢合わせをすると、互いに大音量のマイクを使い、相手候補の健闘を祈ったりしたのだ。

はっきり言って、もの凄く煩(うるさ)かった。大音量の声を聞くと、仕事をしていた手が止まる。すると私はつい、頭の中で要らんことを考えてしまった。

(同じ選挙区から立候補してるのに、相手へエールを送るの？　自分は当確だと思ってるから、余裕があるんかいな。それとも、ええ格好しいなのか)

偽善ぽくって、どうも好きじゃなかった。必死の選挙戦だから、僅(わず)かでも好印象をと思い、やっているんだろうなと思っても、やはりすっきりしなかった。

選挙期間が終われば、いつもぱたりと大声が止み、町に静けさが戻って来たからかもしれない。そうなると新たな疑問が、脳みその中で繁殖するのだ。

（あんなに沢山の選挙カーや、選挙に携わった人達、どこへ行ったのかなぁ）

選挙結果が決まれば、選挙対策用の事務所も消える。そして大いに首を傾げること に、平々凡々な私は、次の区議会議員選挙の時まで、区議会議員のことを、ほとんど 聞かなくなるのだ。

当時の選挙で落選した候補は、二、三人の筈だった。だから多くの候補者達は当選し、目出度く議員になったに違いない。となれば、皆さん立派な仕事をこなしている筈なのだが、たまに選挙公報がチラシと一緒に入るのを目にする以外、きっぱり地方政治とは無縁であった気がする。

税金から、議員先生方へお金が支払われているのだろうが、地方議会の存在から、自分へどういう恩恵がもたらされるのか、全く知識がなかった訳だ。

そんなある日、家と毎日買い物をする商店街の途中に、ある議員さんの事務所が出来た。商店街の中にも出来たから、選挙が近い時だったに違いない。そして、中が少し見えたものだから、興味が湧いた。

（一体、ここで何をしているんだろう）

政治といえば、国政のニュースくらいしか聞いてなかった。国会では、消費税を上げたり、年金の仕組みを変えたり、自分の生活に直結する事が審議されるから、それなりに興味が湧く。

でも、今目の前にある事務所の戸の内側の事は、分からない。不思議な場所だなと思った。

すると。もしかしたら他の人も、有名な議員さん達がいる国会の政治以外は、あまり知らないのではないかなと、ふと思い浮かんだ。いや、直接利害が絡む法律のこと以外は、国政に関わる事すら、縁は薄いのではと思った訳だ。

おお、こんなところに、知らないことが転がっていたと、小さな事務所を見た。訳の分からないことを知るのは、楽しい。何だか興味が出て、私は元大物政治家、大堂の事務所に勤める、聖という主人公の話を書いてみようと決めた。そして、聖の周りにいる人達に、様々な立場の政治家や、政治家の関係者を配していったのだ。最初、小説作法の教室にいた時は、政治の話は本など読んで、それで済ませた。毎回褒めて貰えない、書く事を期待されてない話だったからか、読んだ知識のみで間に合わせた訳だ。

後年書き直す事になり、編集さんが読んでくれると決まった時は、近所にあった小さな政治家の事務所へ、有権者ですと言って、話を聞かせてもらいに行った。何の紹介もなく、飛び込んでいった訳で、今思えば、大胆な事をしたものだと思う。

しかし、他に当てがなかったのだ。

ありがたくも、その事務所にいた秘書の方が、一見の売れていない物書きに、あれこれ話を聞かせて下さった。そうして聖達は、新たに動き始めた訳だ。
彼らの新しい毎日を、楽しんでいただけたらありがたい。

本作品は、小社より二〇一二年八月に単行本、二〇一六年七月に新潮文庫として刊行されました。
今回の小社版文庫化に際して、あとがき「主人公・聖と物語の始まり」を収録しました（月刊ジェイ・ノベル二〇一二年九月号「新刊の舞台裏」を加筆修正）。

本作品はフィクションです。登場する人物、団体などは実在のものと一切関係ありません。

（編集部）

実業之日本社文庫　好評既刊

畠中 恵
アコギなのかリッパなのか　佐倉聖の事件簿
元大物代議士事務所の事務員・佐倉聖が難問奇問を鮮やかに解決する姿を軽快に描くユーモアミステリー。デビュー直後に発表した単行本未収録短編を特別掲載。
は131

原田ひ香
三人屋
朝・昼・晩で業態がガラリと変わる飲食店、通称「三人屋」。経営者のワケあり三姉妹と常連たちが織りなす、味わい深い人情ドラマ！（解説・北大路公子）
は91

原田ひ香
サンドの女　三人屋
心も体もくたくたな日は新名物「玉子サンド」を召し上がれ――サンドイッチ店とスナックで、新・三人屋、今日も大繁盛。待望の続編、いきなり文庫で登場！
は92

原田マハ
星がひとつほしいとの祈り
時代がどんな暗雲におおわれようとも、あなたという星は輝きつづける――注目の著者が静かな筆致で女性たちの人生を描く、感動の7話。（解説・藤田香織）
は41

原田マハ
総理の夫　First Gentleman　新版
42歳で史上初の女性・最年少総理大臣に就任した妻と、鳥類学者の夫の奮闘の日々を描いた、感動の政界エンタメが装いも新たに登場！（解説・国谷裕子）
は43

東川篤哉
放課後はミステリーとともに
鯉ケ窪学園の放課後は謎の事件でいっぱい。探偵部副部長・霧ケ峰涼のギャグは冴えるが推理は五里霧中。果たして謎を解くのは誰？（解説・三島政幸）
ひ41

実業之日本社文庫　好評既刊

東川篤哉
探偵部への挑戦状　放課後はミステリーとともに
美少女ライバル・大金うるるが霧ケ峰涼の前に現れた——探偵部対ミステリ研究会、名探偵は『ミスコン』＝ミステリ・コンテストで大暴れ!?（解説・関根亨）
ひ４２

東野圭吾
白銀ジャック
ゲレンデの下に爆弾が埋まっている——圧倒的な疾走感で読者を翻弄する、痛快サスペンス！　発売直後に１００万部突破の、いきなり文庫化作品。
ひ１１

東野圭吾
疾風ロンド
生物兵器を雪山に埋めた犯人からの手がかりは、スキー場らしき場所で撮られたテディベアの写真のみ。ラスト１頁まで気が抜けない娯楽快作、文庫書き下ろし！
ひ１２

東野圭吾
雪煙チェイス
殺人の容疑をかけられた青年が、アリバイを証明できる唯一の人物——謎の美人スノーボーダーを追う。どんでん返し連続の痛快ノンストップ・ミステリー！
ひ１３

東野圭吾
恋のゴンドラ
広太は合コンで知り合った桃美とスノボ旅行へ。ところがゴンドラに同乗してきたのは、同棲中の婚約者だった！　真冬のゲレンデを舞台に起きる愛憎劇！
ひ１４

東野圭吾
クスノキの番人
不当解雇された腹いせに罪を犯し、逮捕されてしまった玲斗のもとへ弁護士が現れる。依頼人の命令に従うなら釈放すると提案があった。その命令とは……。
ひ15

実業之日本社文庫 は13 2

さくら聖・咲く　佐倉聖の事件簿

2023年8月15日　初版第1刷発行

著者　畠中 恵

発行者　岩野裕一
発行所　株式会社実業之日本社
〒107-0062
東京都港区南青山 6-6-22 emergence 2
電話 [編集]03(6809)0473 [販売]03(6809)0495
ホームページ https://www.j-n.co.jp/
印刷所　大日本印刷株式会社
製本所　大日本印刷株式会社

フォーマットデザイン　鈴木正道(Suzuki Design)

*本書の一部あるいは全部を無断で複写・複製（コピー、スキャン、デジタル化等）・転載することは、法律で認められた場合を除き、禁じられています。

また、購入者以外の第三者による本書のいかなる電子複製も一切認められておりません。

*落丁・乱丁（ページ順序の間違いや抜け落ち）の場合は、ご面倒でも購入された書店名を明記して、小社販売部あてにお送りください。送料小社負担でお取り替えいたします。

ただし、古書店等で購入したものについてはお取り替えできません。

*定価はカバーに表示してあります。

*小社のプライバシーポリシー（個人情報の取り扱い）は上記ホームページをご覧ください。

©Megumi Hatakenaka 2023 Printed in Japan
ISBN978-4-408-55821-9（第二文芸）